大學國文精選

林永昌／李建誠／蔡美端／郭芬茹／方怡哲／張念誠／劉邦治／陳玉惠／曾子玲／陳雪玉
邱淑珍／陳曉怡／劉英璉／楊淑雯／曾玉惠／葉淳媛／林麗紅／林春梅／黃韻靜／賴美惠／戴伶娟　編著

目錄

【論說文】

【記敘文】

【辭賦】

論說文

論說文概說

一、論說文之正名與形式

此處所謂「論說文」，兼指古代廣義的「議論文」及現代所謂的「論說文」。換言之，在我國古代，文體的分類是以文章的功用和表達形式作為區分標準。在不同的時空背景及現實情境下，古代議論文至少包括——論、辯、議、解、原、說、策、書、疏、記、傳、喻、序、表、評、敘、等各種不同形式的別名。舉例來說，「論」主要是申說自己對某事件、措施的主張與見解，如漢代賈誼的〈過秦論〉、宋代蘇洵的〈六國論〉，至於「辯」則重在辨明是非，用以點破時人某些迷津與盲點，比如唐代韓愈的〈諱辨〉及柳宗元的〈桐葉封弟辨〉，再如「解」則重在對時人某些偏頗的錯誤認知，進一步加以釐清解釋，這可比韓愈的〈進學解〉，至於「原」則是從思想觀念的源頭處，抉發最諦當合理的意義，以矯治時人認知的偏謬，比如韓愈的〈原道〉及黃宗羲的〈原君〉等。至於「議論文」一詞的出現，則是宋代學者真德秀在所編《文章正宗》裡首先提出。但議論文作為文體的正式名稱，卻直到三〇年代，葉聖陶、夏丏尊兩位學者合著《文心》一書後才定名倡導，沿用至今。

二、論說文的五個基本形式特徵

至於論說文的定義，簡單說來，即是一種以議論為中心，具備論題、論點、論據、論證四要素，並邏輯性、條理性地說理，使讀者接受、信服的特殊文體。以下即分述論說文的五個基本形式特徵：

(一)論說文的形式係以議論為主

這裡所謂「以議論為主」，可從兩方面來理解；首先從文章的「份量」上來說，「議論」必佔文本相當的比重與篇幅，不可能「敘述」「說明」「描寫」「抒情」等比例佔去文本十分之七八，卻仍被歸類為論說文，茲以陶淵明作品為例，他的〈桃花源記〉、〈歸去來辭〉，儘管饒富深刻的人生哲理，然因寫作形式明顯側重在「敘述」「描寫」「抒情」等層面，所以若將之納歸為「論說文」，便顯得牽強；再從「邏輯結構」來說，文章的進行必需以議論的結構為主導，換言之，儘管有些文章不乏「記敘」、「抒情」的比例成分，但若該文整體邏輯結構的主體仍是「議論」，也就是說，該文的論題、論點、論據、論證等特徵十分明確，那就必需以論說文視之，而不能草率劃歸為「記敘文」「抒情文」，茲舉〈種樹郭橐駝傳〉一文為例，乍看之下，類似一篇介紹郭橐駝生平事蹟的「記敘文」，但逐一細讀，便知此文是借「種樹之道」以喻「為政之道」，點出官府施政不應過度擾民，而宜順應百姓的自然生活節奏，才是正確愛民之道，故本文歸類為「論說文」自屬恰當。

(二)論說文的本質是「以理服人」

一般來說，論說文必以豐富、個別的材料作為立論基礎，以表達特殊的見地、觀點，此即是「說理」；換言之，作為信息載體的論說文，無論它的文字形式、寫作手法如何融和程度不等的「記敘」「抒情」成分，然它傳達信息的主體依然是以「理」為核心，而不會是以「情」或「事」為中心，茲以〈養生主〉一課為例，本文列舉四篇寓言故事——〈庖丁解牛〉、〈澤雉〉、〈右師〉、〈秦失弔老聃〉，幾佔去篇幅三分之二，然每篇寓言都內蘊著深刻的人生哲理，並與文本主旨——「如何保養生命之主」銜接呼應，這便是古代以「說理」為主的標準「論說文」典型。進言之，論說文所說之「理」，乃是作者認定的「主觀之理」，為使讀者能理解、接受、信服、採行，作者的說理過程便須嚴格講求，凡感情越是真摯懇切，態度、立場越是鮮明堅定，論證說理過程越是因果相關、鞭辟入裡，便越具備打動人心的文字張力。這也與其他文體的功能要求顯然不同。比如：說明文雖不乏若干說理成分，但說明文的「說理」乃是以把「理」說清楚為目標，而非以說服讀者為目的；換言之，「說明文以說清楚、講明白為上，而論說文卻以成功地說服他人為極品」，因此說明文在解說「抽象之理」時，要盡可能排除自己的主觀立場，就此而言，「說明文」與現今介紹電器用品如何保養使用的「說明書」有些類似，相對於此，論說文在抒發個人的「主觀之理」時，卻須立場鮮明，筆鋒銳利，兼具打動人心的豐沛感情，而不單單只具「產品說明書」的性質與功用而已。

㈢論說文的內在結構須有「嚴謹的邏輯性」

一般而言，論說文為了證明自身觀點、主張的殊勝，勢須使用概念、判斷、推理等邏輯方法，讓現象到本質、原因到結果、事實到結論之間的每個環節，都緊密保持內在條理的聯繫與統一。如果推理過程違反邏輯的基本規律，必然會出現聯繫上的漏洞，動搖自身的理論基礎，大大降低結論的公信力。就此而言，論說文的邏輯性與內在因果關係當然比說明文、記敘文、抒情文嚴謹得多。再就內容理路來說，一篇論說文只宜有一個「中心論點」，但為了闡明這個中心論點，往往可從並列的若干面向、角度、層次來開展其議論，這就會產生「分論點」；換言之，「中心論點」係用以統攝全篇，但「分論點」除為闡發「中心論點」而服務外，它也可以是自己論據所支撐的論點，進而使整篇議論文在邏輯條理的聯繫上，構成一個嚴密完整、環環相扣、因果串連的整體。再者，議論文結構的層次順序安排，大抵是按照事理的邏輯聯繫來進行，所以通常是依「提出問題」、「分析問題」、「解決問題」的次序來安排呈現，這表現在文章結構上，便是「序論」（也叫引論或導論）、「本論」（即正論）、「結論」三部分的「三段式」基本形式，這也與其他文體不同。

(四)論說文的形式、內容，必然是「針對特定的讀者」

如前所述，論說文是以「理以服人」，但這裡所說的「人」，不是「泛指」所有人，也不是針對「天底下所有可能想像的讀者」，而是有其「特定的對象」——某個人，或某幾人，或某一部分人，並就他們的問題提出切合的主張見解，這便是論說文的論題和主題。換言之，論說文的論題和主題都是「有的放矢」，絕非憑空臆造，所以這些論題、主題都是很「切於世用」的；它們除需說服「特定者」改變原先的主張、態度外，更要解決現前面臨的具體實際問題。所以一篇好的論說文，它展開議論的方式，乃至遣詞措句的使用，一定是貼近著「特定讀者」的思想認識與情感變化，切中讀者「心扉」與「痛癢處」，才能有效說服讀者改變原先的想法、主張與態度。

(五)論說文的內容主體，一定具備論題、論點、論據、論證等四要素

一般而言，論說文通常具備「非議論性」與「議論性」兩部分。比如：時空背景說明、人物介紹、抒發情志、前景展望等文字敘述，凡對文本主題沒有直接影響的，便屬「非議論性」的部分；至於對主題能起證明作用的論點、論據與論證，便屬「議論性」的部分，同時也是論說文的主體。但在中國古文中，純屬「議論性」的論說文並不多見，這也是古代議論文與今日論說文的歧異之處。

此外，論說文中，「論題」必然是「論點」產生的基礎，也是「論點」論述的對象與範圍；至於「論點」則是作者就「論題」的某個側面、角度抒發的主張與見解，所以從範圍上來說，「論題」必然大於「論點」。再從「次序」上來說，必然是先有「論題」的確立，而後「論點」乃相隨產生。再者，論說文中那「非議論性」的部分，也要呼應「論題」的內容與性質，被「論題」所統攝，而非隨順「論點」的節奏來運行。

再者，「論點」與「論據」間的關係乃是統一的，也即是「觀點」與「材料」的統一。「論點」需要「論據」的支持，「論據」則是「論點」得以成立的事實基礎；少了「論據」，「論點」就顯得單薄，缺乏說服力。反之若「論據」充實有力，「論點」自然鮮明突出，教人信服。

最後再談「論證」。所謂「論證」，便是把「論點」與「論據」有機統整的邏輯關係，也是組織「論據」去證明「論點」合理化的過程與方法。議論文若是離開了「論證」，「論點」與「論據」必然四分五散，難以串連統整，自難發揮說服讀者改變觀點的效果。

總之，論說文的五個基本特徵不是孤立獨存，而是密切結合在一起，只要把握如上幾個特徵、原則，對於辨識、摹寫古今各式論說文，便可日益精準而得其神味了。

三、論說文的結構與原則

什麼是論說文的結構？結構是指文章的組織方式和內部構造。它的基本內容是：中心和順序，層次和段落，過渡和照應，開頭與結尾。換言之，論說文的實質就是組織材料的問題，也就是研究事物整體與部分的關係，及表明事物內在各種特性的聯繫問題。就論說文來說，結構就是整體論證問題，是屬於形式方面的問題，此乃文章之間架，至於「論點」與「論據」才是實質內容，眾多的內容必需在一定的間架下構成有機的整體，才算一篇標準的論說文。

至於文章的組織結構，劉勰叫作「附會」——「附辭會義」，他在《文心雕龍．附會篇》中說：「何謂附會？謂總文理，統首尾，定與奪，合涯際，彌綸一篇，使雜而不越者也。若築室之須基構，裁衣之待縫緝矣。」在這裡，劉勰將辭藻意思組成文章作了明確的解釋，此即：在總體上將文理安排好，統理首尾，決定繁簡棄取，考慮各部分的分合接榫，整合成有機而完整的文章，期使內容多而不亂，這就像蓋房子須打地基、搭屋架，也像製作衣裳，待剪裁完成，便得縫合起來。至於「架構」，就是以蓋房子的間架結構，比喻文章的組織安排。換言之，蓋屋要有間架，哪裡作廳，哪裡作堂，哪裡立柱安梁，哪裡開窗留門，心中都要盤算清楚。同樣地，文章也要有間架，該有哪些說理層次，如何開頭，如何結尾，哪些詳寫哪些略寫，怎麼轉接怎麼呼應，心頭亦要有所拿捏。這樣，「論據」才能準確有力地論證中心論點。總之，文章反映作者對人生事理的認識，認識人生事理有其過程，思想發展有其脈絡，而這脈絡就是思路，作者的思路如何表達，有賴純熟的寫作技巧，可見所謂文章結構，是與作者的人生認識、思路、寫作技巧密不可分的。

如前所說，議論文的結構安排，是為了論證其中心論點而存在，然而該怎樣「論證」才能精確有力呢？在此特提出三個原則以供參考：

(一)論說文必需反映人生事理的律則與核心價值

論說文與其他文章一樣，相當程度上是現實生活某些問題的投影。儘管人類現實生活的型態有其差別，但就發展過程來看，大抵遵循著一定的律則軌跡，這和事物一般有其開端、發展、結局，物品一般有特徵、性質、狀態，人物一般有成長、變化、成熟的歷史一樣，所以人類面對問題，通常有其提出、分析、解決的過程。準此，論說文的結構，自須反映事物發展的內外規律，務使結構的「邏輯性」與客觀事物的「規律性」吻合，並與人們認識事物的自然程序一致。

劉勰《文心雕龍・論說篇》說：「論如析薪，貴能破理。」意思是說，議論就像是劈木柴，貴在順著木柴的縱面紋理來劈開。所謂「紋理」，是指事物的發展規律和內在聯繫。論說文的結構，是一種邏輯結構，這種邏輯規律不是哪個人臆造發明的，而是客觀世界的事物之理及內在關係在吾人意識中的反映，所以我們寫論說文的過程，也就是進行邏輯思維的過程，提出問題，分析問題，再解決問題，並從過程中抉發可供借鏡的經驗智慧與核心價值，這便是論說文的邏輯思維規律及意義所在。

㈡論說文必需為論述作者的中心論點而服務

論說文的結構，本是為論說作者的中心論點而服務，這是安排結構的根本目的，也是安排結構的基本依據。如前所說，構成論說文的材料有兩種，一種是議論性的部分，主要是指「論點」及「論據」。另一種是非議論性的部分，包括論據之外的某些敘述、說明、描寫。基本上，非議論性的部分，對論說文的論證不起任何直接作用，只具有輔助材料的功能，然論說文的寫作背景複雜多端，凡涉及交代歷史背景、人物介紹、實例舉證、事件緣起，或為使思想概念的形象更為生動清晰，在不偏離論題中心線索以貫穿全文的前提下，作者可自由使用必要的敘述、說明與描寫。儘管這些敘述、說明、描寫，對論說文的論證不起直接作用，然對導引讀者更深刻理解文本論點無疑有關鍵性的影響。如是可說，只有主體設計與輔助材料的設計，都完整為「論證」和說明「中心論點」而服務，才是良好的論說文結構。

㈢論說文的結構務求完整、嚴謹、統一、自然

此處所謂「完整」，是指論說文的行文線索要一貫到底，有過渡，有照應，有頭有尾，首尾圓

合，不能過分感性隨興，想到什麼寫什麼，想到哪裡寫到哪裡，造成結構殘缺不全，七零八落。至於「嚴謹」，是指論說文的結構要嚴密精細，無懈可擊，不要掛一漏萬，顧此失彼，顛三倒四。所謂「統一」，是指論說文的結構安排要統籌兼顧，主次分明，給人整體感、勻稱感和穩定感，不可前後割裂，出現斷層。最後所謂「自然」，就是要求全篇文章的層次，都合乎邏輯思維與文氣節奏。換言之，就是結構的程序要能體現吾人認識世界、思考問題的發展步驟，以避免人工雕琢拼湊的痕跡。

總之，以上三個原則不是孤立獨存的，而是有機地聯繫在一起。我們論說文寫作論證只要確實把握以上三原則——(1)反映人生事理的律則與核心價值、(2)論說文的結構為「中心論點」的闡述而服務、(3)論說文的「結構」務求其完整、嚴謹、統一、自然，那麼，無論我們撰寫何種性質、形式的論說文，都可鞭辟入理，論證得宜，強烈發揮文字言論的影響力，教讀者由衷信服，改變原先採取的態度與觀感，這也是論說文作為一種文體可以改造世界的最教人著迷之處。

第一課 養生主

莊周

導讀

本文選自《莊子》內篇中的第三篇。主旨在說明如何護養「生主」，「生主」亦即生命之主，指人的天性而言。篇中提出護養天性的方法莫過於順任自然，如此才能不為外物所滯，避開人事的重重糾葛，使心靈獲得真正自由，最終達到超脫生死的境界。

全文共分六段。首段以「緣督以為經」作為全篇的總綱，指出為人處世當秉承中虛之道，順應自然的變化與發展。第二段藉「庖丁解牛」的寓言，形象地說明在複雜紛擾的社會中，如何才能遊刃有餘，其要在於「依乎天理」「因其固然」。第三段寫右師殘一足為自然之貌，說明要知天安命，體認形骸之殘缺，並無損於天性之純全。第四段寫水澤中的野雞，雖辛苦覓食也不願被關在籠中，以隱寓精神自由的可貴。第五段以秦失弔唁老聃的故事，說明人常被哀樂之情所困擾，當安時處順，才能達觀看待生死問題。末段以薪盡火傳為喻，說明形體是暫存的，終究會消失，只有精神生命可以長存不朽。

〈養生主〉一文，採用「總提分敘」的佈局。除了首段總提主旨外，通過四則寓言來闡明主旨。文章最後又以比喻總結前文，力鎖全篇。綜觀全文，以大筆起，以大筆收，開頭和收束皆有千鈞之力，而中間的寓言故事，緊扣全篇宗旨，設想奇特，妙意環生，有如群巒起伏，互生光輝。

作者

莊子（西元前三六五～西元前二九〇），名周，戰國時宋國蒙（今河南省商丘市東北）人。大約生於周顯王四年，卒於周赧王二十五年，年七十五。《史記・老莊申韓列傳》說他曾爲漆園（今山東省菏澤市北）吏，學博而識高，楚威王聞其名，遣使禮聘爲相，莊子以不爲祭祀之犧牲，辭不就任。著有《莊子》一書。今存《莊子》共三十三篇，分爲「內篇」七、「外篇」十五、「雜篇」十一。各篇的眞僞，後世聚訟紛紜，近代學者多以爲「內篇」出莊子之手，「外篇」、「雜篇」則大都爲弟子後學所作。

莊子爲道家學派的主要代表人物。其學上承老子，以道爲自本自根、無爲無形，無始無終、無所不在，主張順應自然、虛靜無爲、萬物一體的思想。莊子的文章，劉大杰《中國文學發展史》評說：想像豐富，具有驅使語言的高度表達能力，造句修辭，瑰奇曲折，如行雲流水一般，創造一種特有的文體。採用各種論辯的方法，然無不雄奇奔放，峰巒迭起，汪洋恣肆，機趣橫生。使用豐富的語彙，倒裝重疊的句法，巧妙的寓言，恰當的譬喻，使他的文章，顯得格外靈活，具有獨創性。

課文

吾生也有涯，而知也无涯❶。以有涯隨无涯，殆已❷。已而爲知者❸，殆而已矣。爲善无近名，爲惡无近刑❹。緣督以爲經❺，可以保身，可以全生❻，可以養親，可以盡年。

庖丁[7]爲文惠君[8]解牛，手之所觸，肩之所倚，足之所履，膝之所踦[9]，砉然嚮然[10]，奏刀騞然[11]，莫不中音。合於〈桑林〉之舞[12]，乃中〈經首〉之會[13]。文惠君曰：「譆[14]！善哉！技蓋[15]至此乎？」庖丁釋刀對曰：「臣之所好者，道也，進乎技矣。始臣之解牛之時，所見無非牛者，三年之後，未嘗見全牛也。方今之時，臣以神遇而不以目視[16]，官知止而神欲行[17]，依乎天理[18]，批大郤[19]，導大窾[20]，因其固然[21]，技經肯綮[22]之未嘗，而況大軱[23]乎！良庖歲更刀，割也。族庖[24]月更刀，折[25]也。今臣之刀十九年矣！所解數千牛矣，而刀刃若新發於硎[26]。彼節者有閒，而刀刃者无厚[27]；以无厚入有閒，恢恢乎[28]其於遊刃必有餘地矣，是以十九年而刀刃若新發於硎。雖然，每至於族[29]，吾見其難爲，怵然[30]爲戒，視爲止，行爲遲，動刀甚微，謋然[31]已解，如土委地。提刀而立，爲之四顧，爲之躊躇滿志[32]，善刀[33]而藏之。」文惠君曰：「善哉！吾聞庖丁之言，得養生焉。」

公文軒[34]見右師[35]而驚曰：「是何人也，惡乎介也[36]？天與，其人與[37]？」

曰：「天也，非人也。天之生是使獨[38]也。人之貌有與也[39]，以是知其天也，非人也。」

澤雉十步一啄，百步一飲，不蘄畜乎樊中[40]。神雖王[41]，不善也。

老聃[42]死，秦失弔之，三號而出[43]。弟子曰：「非夫子之友邪？」曰：「然。」「然則弔焉若此，可乎？」曰：「然。始也，吾以爲其人也，而今非也[44]。向[45]吾入而弔焉，有老者哭之，如哭其子；少者哭之，如哭其母。彼其所以會之，必有不蘄言而言，不蘄哭而哭者[46]。是遁天倍情[47]，忘其所受，古者謂之遁天之刑[48]。適來[49]，夫子時也；適去，夫子順也。安時而處順，哀樂不能入也。古者謂是帝之縣解[50]。」

指窮於爲薪，火傳也，不知其盡也[51]。

注釋

❶吾生也有涯，而知也无涯　此處「知」有兩種解釋：一指「知識、學海」，二指「心知情識的主觀執著」。換言之，依第一種解釋，可解為：我們的形軀生命有限，但天底下的知識技能卻無盡無邊。若依第二種解釋，便可解為：我們的形軀生命有限，但心裡主觀意識的欲望、執著卻無盡無邊。

❷以有涯隨无涯，殆已　此處同樣有二解：1.以個人有限的生命，去追求知識技能無止盡的滿足，結果必然是疲困不堪的。2.以個人有限的生命，去追求欲望執著無止盡的滿足，其結果必然是疲困不堪的。殆，疲困之意。已，句末語助詞，同「了」。

❸已而為知者　這樣還要去追求「知識」、「欲望執著」的滿足。已，如此，這樣。為知，指求取「知識」、「欲望執著」的滿足。

❹為善无近名二句　刻意為善無乃近於追求名聲，故意為惡無乃容易招來刑罰。无，無。無乃，表示委婉的語氣。莊子之意是：執著於為善為惡都非正道，要超乎善惡、善惡兩忘，才合乎道。

❺緣督以為經　循虛以為常法，亦即順從自然之道。緣，沿著，順著。督，督脈，身背之中脈，所處為虛。經，常。

❻全生　保全天性。生，通「性」。

❼庖丁　廚師。一說名叫丁的廚師。

❽文惠君　舊說指梁惠王。

❾踦　踦，音ㄧˇ，用一隻腳站立。指解牛時，一腳用膝蓋抵住牛，所以只一腳在地。

❿砉然嚮然　砉然作響。砉、嚮都是狀聲詞。砉，音ㄒㄩ，皮骨互相剝離的聲音。嚮，通「響」。

⓫奏刀騞然　把刀刺進去，發出騞然的聲音。奏，進。騞，音ㄏㄨㄛˋ。騞然，狀聲詞，比砉然的聲音更大。

⓬合於〈桑林〉之舞　配合〈桑林曲〉的舞蹈。〈桑林〉，傳說中商湯王的樂曲名。

⓭中〈經首〉之會　合於〈經首曲〉的音節。〈經首〉，傳說中帝堯時的樂曲名。會，韻律，節奏。

⓮譆　驚嘆聲。譆，同「嘻」。

⓯蓋　蓋，通「盍」。何，怎麼。

⓰以神遇而不以目視　用心神去接觸，而不用眼睛去看。遇，接觸。

⓱官知止而神欲行　感官的作用停止，精神活動開始運行。官，耳目等感官。知，主掌。神欲，指精神活動。

⓲天理　天然的紋理。指牛體的自然結構。

⓳批大郤　用刀進擊大的縫隙。批，擊。郤，音ㄒㄧˋ。通「隙」，指筋骨的間隙。

⓴導大窾　把刀引向大的孔隙。窾，音ㄎㄨㄢˇ，孔

隙。指骨節間空的地方。

㉑因其固然　順著牛本來的結構而使力。因，依，順。固然，本然，原本的結構。

㉒技經肯綮之未嘗　經絡和筋骨，還沒碰觸。技，當作「枝」，支脈。經，經脈。肯，附在骨頭上的肉。綮，音ㄑㄧㄥˋ，筋肉盤結的地方。

㉓大軱　大骨，即盤骨。軱，音ㄍㄨ。

㉔族庖　一般的廚師。

㉕折　斷。指用刀砍斷骨頭。

㉖新發於硎　指刀子剛從磨刀石上磨出來。發，磨出。硎，磨刀石。

㉗无厚　沒有厚度。形容非常銳利。

㉘恢恢乎　寬廣的樣子。

㉙族　指筋骨交錯聚結的部位。

㉚怵然　驚懼的樣子。怵，音ㄔㄨˋ。

㉛謋然　指牛體分解開來的樣子。謋，音ㄏㄨㄛˋ。

㉜躊躇滿志　悠然自得，心滿意足。躊躇，音ㄔㄡˊ ㄔㄨˊ。

㉝善刀　擦拭刀子。善，通「繕」，拭。

㉞公文軒　複姓公文，名軒。相傳為宋國人。

㉟右師　官名。指當過右師的一個人。此處另有一解：意指一個執著用心於追求名利權勢的人，在真理的天平上，其執著名利權勢本身就是生命最大的殘缺。

㊱惡乎介也　為什麼受刖刑而跛一足呢？惡，音ㄨ。介，失去一足。也，通「耶」，呢。

㊲天與其人與　是天生造成的呢？還是後天人為造成的呢？其，抑，或者。與，通「歟」，呢。

㊳獨　只有一隻腳。

㊴人之貌有與也　人的形貌是天所賦予。與，賦予。一說：有與，有其同類。指人有兩足。

㊵不蘄畜乎樊中　不求養在衣食無虞的籠子裡。蘄，音ㄑㄧˊ。期求，希望。畜，養。

㊶王　通「旺」。旺盛，飽滿。

㊷老聃　即老子。相傳老子姓李，名耳，字聃。春秋時楚國苦縣人。著書五千言，世稱《道德經》，為道家始祖。

㊸秦失弔之，三號而出　秦失，人名。失，一本作「佚」。相傳為老聃的朋友。號，有聲無泣，意指並非真正傷心。

㊹始也三句　起初我以為老聃是世俗之人，但現在看來，他其實是個生死解脫的得道者，既然如此，我就不必大聲哀號，強欲以世俗人的禮儀標準來祭弔他。其，指老聃。人，世俗之人。

㊺向　剛才。

㊻彼其所以會之三句　他們和死者相會通的時候，一定有不期言而言，不期哭而哭的感應。至於「彼其」到底是指誰，至少有如下二說：⑴說是指哭泣者，即老者和少者。⑵說是指「祭弔者與老子的學生在靈堂上相遇」。會，指心靈的相會通。蘄，通「期」，預期。

㊼遁天倍情　違反自然，背棄真情。遁，逃避。倍，通「背」，背棄。

㊽遁天之刑　違背天理所得到的刑罰。

㊾適來　偶然來到人世。來，指人的出生。

㊿帝之縣解　自然的解除倒懸。縣，通「懸」。莊子之意是：人為生死所苦，猶如倒懸。若能忘卻生死，便能倒懸自解。

51 指窮於為薪三句　塗了脂膏的燭薪，雖會燒完，但火卻可傳續下去，沒有窮盡的時候。指，借為「脂」，脂膏。薪，燭薪。古無蠟燭，用動物脂肪塗抹在薪木上燃燒叫作燭，也稱作薪。整句意為：體道者的形軀生命雖會結束，但他遺留在人間的智慧、真理、光明、愛卻可常存人間，沒有窮盡。

問題討論與習作

一、莊子認為處世的基本原則是「緣督以為經」，你是否能認同這種觀點？為什麼？

二、「庖丁解牛」的寓言，形象生動地表達了養生之理，你認為當中最精警的字句是哪些？你個人的體悟是什麼？

三、莊子借「秦失弔老聃」的故事表達生死若一的觀念，讀完後試說出你對生死的看法。

四、請在三百字以內創作一則寓言，並說出寓意。

第二課　天論

荀況

導讀

本文節選自荀子〈天論〉，旨在闡明荀子對「天」的看法，期以破除無謂的鬼神迷信思想；即言之，荀子以為「天」只是自然現象，沒有任何感情，「天」除了化生萬物外，與人類的禍福吉凶毫無關連。至於人間有禍福吉凶，那是人類後天的思想言行偏差所導致，不能怪罪於「天」，因此荀子倡言：「大天而思之，孰與物畜而裁之？」「從天而頌之，孰與制天命而用之？」主張吾人應善盡人事，利用自然天的原理、規律，積極為人類社會造福。

此外，在中國思想史裡，所謂「天」一般有三層意義：1.自然天、2.人格天、3.形上天。所謂「自然天」是指「自然現象」的天，比如春夏秋冬的四季運轉、風雨雷電的天象變化等，所以荀子〈天論〉的「天」，便是指這種可供吾人掌握其律則、原理的「自然天」；至於「人格天」，係指那有意志、主權，甚至會「賞善罰惡」的「天」，我們中國人常講「老天有眼」、「天理昭彰」、「天公疼憨人」、「人在作，天在看」，便是指這種有意志、賞罰意義的「人格天」；至於「形上天」，則是指某種可供吾人效法、學習的「天道」，比如儒家所講的「盡心知性以知天」、「存心養性以事天」、「天行健，君子以自強不息」、「五十而知天命」等，便是這種既內在又超越於吾人身心的「形上天」。從以上界定來說，荀子〈天論〉之「天」，雖有思想史上破除迷信的意義，然漏失了儒家「逆覺體證」「既內在又超越」的特性，導致〈天論〉之「天」無法與德性生命「第一序」交接會通，荀子思想可謂是先秦孔孟思想的分岔與歧出。

作者

荀況，戰國趙人。生於西元前四世紀末，卒於西元前三世紀末。荀況五十遊齊，以齒德俱尊，三爲祭酒，但生平卻未擔負過實際政治責任。後因讒適楚，春申君以爲蘭陵令，春申君死，況亦被廢，遂家蘭陵，荀子滿腹經綸，奈何不遇於世，道不能行，乃退而著書講學以終。弟子以韓非、李斯最爲有名。況著書數萬言，漢劉向校訂爲《孫卿新書》三十二篇，《漢書．藝文志》列入諸子略儒家類，題《孫卿子》。唐代楊倞始爲作注，改稱《荀子》。清代王先謙有《荀子集解》，網羅各家解釋考訂，間參以己見，係研究《荀子》最可信靠之著。

在中國文化史中，孟子主性善，荀子倡性惡，看似南轅北轍，背道而馳，然探究其實，便知孟、荀同宗孔子，同以仁義道德爲政治最高指導原則，並同倡「人皆可以爲堯舜」，可見孟、荀人性理論雖殊，但學說最終歸宿並無二致，且孟子「性善說」與荀子「性惡論」之實際內容，並未對反到水火不容的地步，惜後世評論荀子多聚焦在其性惡論上，產生不少誤解，唐代韓愈評荀子學「大醇小疵」，堪稱公允，惜宋代以後詆毀益多，幾視如洪水猛獸，直至清儒始爲其辯誣，蓋荀子學說不僅顯於崇尚禮義，其他如：知性主體的開發、天人關係、天生人成、政治思想、正名理論、論辨思維、心理學等，荀子亦有獨到見解，以現代學術眼光視之，亦值得珍視闡揚。

荀子乃中國古代博學睿智的學者，其言論涉及諸種學問，與希臘哲人亞里斯多德之見不謀而合，被譽爲中國之亞里斯多德，此東西兩大哲人並世而出，確爲中西學術史一段佳話。荀子之學問典型誠如牟宗三先生所云，可以「誠樸篤實」四字賅之。此即：「誠樸篤實之人，常用智而重理，喜秩序，愛穩定，厚重少文，剛強而義，而悱惻之感、超脫之悟則不足。」確爲綜論《荀子》一書客觀平實之評價。

課文

天行有常❶，不爲堯存，不爲桀亡❷。應之以治則吉，應之以亂則凶。彊本而節用❸，則天不能貧。養備而動時，則天不能病❹。循道而不貣，則天不能禍❺。故水旱不能使之饑，寒暑不能使之疾，祆怪不能使之凶❻。本荒而用侈，則天不能使之富。養略而動逆❼，則天不能使之全。倍❽道而妄行，則天不能使之吉。故水旱未至而饑，寒暑未薄❾而疾，祆怪未生而凶。受時與治世同，而殃禍與治世異，不可以怨天，其道然也❿。故明於天人之分，則可謂至人矣⓫。

不爲而成，不求而得，夫是之謂天職⓬。如是者，雖深，其人不加慮焉；雖大，不加能焉；雖精，不加察焉，夫是之謂不與天爭職。天有其時，地有其財，人有其治，夫是之謂能參[13]。舍其所以參，而願其所參，則惑矣[14]。

列星隨旋[15]，日月遞炤[16]，四時代御[17]，陰陽大化[18]，風雨博施，萬物各得其和以生，各得其養以成，不見其事而見其功，夫是之謂神。皆知其所以成，莫知其無形，夫是之謂天功。唯聖人為不求知天。天職既立，天功既成，形具而神生，好惡喜怒哀樂藏焉，夫是之謂天情[19]。耳目鼻口形能，各有接而不相能也[20]，夫是之謂天官。心居中虛，以治五官，夫是之謂天君[21]。財非其類以養其類[22]，夫是之謂天養。順其類者謂之福，逆其類者謂之禍[23]，夫是之謂天政。……

天不為人之惡寒也輟冬，地不為人之惡遼遠也輟廣，君子不為小人之匈匈[24]也輟行。天有常道矣，地有常數矣，君子有常體[25]矣，君子道其常，而小人計其功。《詩》曰：「禮義之不愆，何恤人之言兮[26]？」此之謂也。……

星墜木鳴，國人皆恐。曰：是何也？曰：無何也。是天地之變，陰陽之化，物之罕至者也。怪之，可也；而畏之，非也。夫日月之有蝕，風雨之不時，怪星之儻見，是無世而不嘗有之。上明而政平，則是雖並世起，無傷也；上闇而政險，則是雖無一至者，無益也。夫星之墜，木之鳴，是天地之變，陰陽之化，物之罕至者也。怪之，可也；而畏之，非也。物之已至者，人祆則可畏也[27]……

雩而雨[28]，何也？曰：無何也。猶不雩而雨也。日月食而救之，天旱而雩，卜筮然後決大事，非以爲得求也，以文[29]之也。故君子以爲文，而百姓以爲神[30]。以爲文則吉，以爲神則凶也。……

大天而思之，孰與物畜而裁之[31]？從天而頌之，孰與制天命而用之[32]？望時而待之，孰與應時而使之[33]？因物而多之，孰與騁能而化之[34]？思物而物之，孰與理物而勿失之也[35]？願於物之所以生，孰與有物之所以成[36]？故錯人而思天，則失萬物之情[37]。

注釋

❶天行有常　自然天的運行有它一定的常規律則。

❷不為堯存二句　不特別為像堯這樣的好人而存在，

也不特別為像桀這樣的壞人而消失。

❸彊本而節用二句　加強農業生產而節省開銷，老天便無從使人貧乏。彊，音義通「強」；本，指農桑。

❹養備而動時二句　養生周全而行動舉止合宜，上蒼便無從使人生病。

❺循道而不貣二句　依正理而行，無所缺失，老天便無法對人類造成禍害。貣，音ㄊㄜˋ，差錯。

❻祅怪不能使之凶　大自然的災異現象無法使人受到凶險。祅，音義同「妖」，指怪異的現象。

❼養略而動逆　養生粗略而行動舉止違反時宜常規。略，缺也。逆，不順也。

❽倍　通背。

❾薄　迫近、逼近。

❿受時與治世同四句　亂世的天時條件與治世相同，但所受到的災禍卻遠大於治世，這不可以埋怨上天，須知這是亂世之人自己作為不當所導致的。

⓫至人　能明辨自然天與人類的職分各有其功能界限，而不越俎代庖，便是修養境界至高的人了。

⓬天職　天的職責、職分。

⓭能參　指人與天地並立而為三。參，通「三」，此處當動詞用。

⓮舍其所以參三句　放棄人類運用天時地利的能力，反而將命運一意託付給不可知的天地，那就是觀念不清、迷惑顛倒了。

⓯列星隨旋　衆星相隨旋轉。列，衆多。

⓰遞炤　交替照映。炤，音義同「照」。

⓱四時代御　指春夏秋冬交替運行。

⓲陰陽大化　陰陽交感，萬物變化。

⓳天情　天賦的情緒。

⓴各有接而不相能也　指人類耳目鼻口的功能各有所司，感官與感官之間雖有繫聯，但卻無法相互替換取代。

㉑天君　天賦的主宰。

㉒財非其類以養其類　指人類選取適當的動物（如雞鴨魚豬）來飼養，從而滿足人類的口腹需求。財，通「裁」，選取之意。

㉓順其類者謂之福，逆其類者謂之禍　施政者順應百姓的身心須求，營造良好的生存條件與居家環境，便是造福；反之，施政者枉顧應百姓身心須求，弄

壞群體的生存條件與居家環境，便是禍延子孫。

㉔匈匈　通「訩訩」，指喧嘩聲。

㉕常體　指常規、不變的法則。

㉖禮義之不愆二句　指君子遵守禮義而無差失，何須顧慮別人的閒言閒語。愆，音ㄑㄧㄢ，差錯。

㉗物之已至者，人祅則可畏也　歷來所發生的不幸事件，以人為導致的災異現象最為可怕。

㉘雩而雨　指經過祈禱儀式後開始下起雨來。雩，音ㄩˊ，指祈禱上天下雨的祭祀典禮。雨，音ㄩˋ，當動詞用，指下雨。

㉙文　文飾，作個樣子。文，音ㄨㄣˋ。

㉚君子以為文，而百姓以為神　為政者採取下列措施：日月食而救之，天旱而雩，卜筮然後決大事，乃是為了安定民心，才作出一個向上蒼禱求的樣子，但在老百姓眼中，卻將禱求儀式與下雨加以連結，以為真有神明在冥冥中庇蔭、主導。

㉛大天而思之二句　尊敬天而思慕它，何如把天當作物質而加以控制？

㉜從天而頌之二句　順從天而歌頌它，何如掌握天的規律而利用它？

㉝望時而待之二句　盼望天時自然調順而得豐收，何如配合時令變化來使用它？

㉞因物而多之二句　聽任物類自然生長而增多，何如發揮人類智能，以助物類有計劃地繁殖呢？

㉟思物而物之二句　平白企盼天然物質能成為現成有用之物，何如開發物資，不使天然物質的本質受到埋沒？

㊱願於物之所以生二句　與其希望了解萬物如何生成，何如幫助萬物，使它自然茁壯成長？

㊲錯人而思天二句　放棄人為的努力，反而將命運交託給不可知的上天，那就違反萬物生成的原理了。

問題討論與習作

一、根據導讀所示，中國哲學上的「天」通常有如下三義：(1)自然天(2)人格天(3)形上天。請你省思自己乃至父母、師長心目中的「天」，較近似哪種層次、意義？並思考這種對「天」的認識趨向，對自己的生命態度、人生觀有哪些影響？

二、荀子〈天論〉認為「天」只是自然現象，沒有任何感情，「天」除了化生萬物，與人類的禍福吉凶一概無關。荀子這種見解對發展科學文明、破除鬼神迷信，固有其正面助益；但問題是，人類的形軀生命與思想智慧畢竟有限，近年來臺灣山區過度開發，導致土石流為害等天災人禍情事已然證明，人類單方面「制天」、「用天」、「人定勝天」的思維與作法，經常過度擴張，衍生「短期或見經濟效益，但長期看來卻無異自掘墳墓」的可怕後果，就此而言，荀子〈天論〉之說顯有值得反省調整之處？並據此申述人類與「天」的最佳關係為何？

三、荀子〈天論〉一文中有「天職」、「天情」、「天官」、「天君」、「天養」、「天政」之說，請在理解這些名相的定義內容及彼此的交互關係後，說明這些理論存在哪些優缺點？

第三課　扁鵲見蔡桓公

韓非

導讀

〈扁鵲見蔡桓公〉選自《韓非子．喻老》。「喻」指的是用具體事例來說明抽象道理的一種方法，「喻老」就是用比喻的方式來說明老子的思想。〈喻老〉篇的主旨，在以歷史故事與民間傳說來闡發老子的學說。韓非在闡述《老子》第六十三章「圖難於其易，為大於其細。天下之難事，必作於易；天下之大事，必作於細」這一哲學觀點時，就講了扁鵲見蔡桓公的故事。春秋時蔡桓公諱疾忌醫，不聽名醫扁鵲的勸告，本來極容易治癒的小病發展成為大病，最後不治身亡。因此，要想避免災難，就應該在禍患初萌時，及早防止。如果任其發展，勢必釀成大害，無法挽救。

全文可分三段。首段提出「制物於其細」的觀點，認為欲制裁事物，必需由淺易細微處入手。次段舉白圭行隄塞穴、丈人慎火塗隙為例，說明凡事要「慎易」、「敬細」，才能避免災難，遠離大禍。末段舉蔡桓公不聽扁鵲之言，終致身死的故事，說明人世之禍福，一如疾病，應力圖「爭之於小者」，當於事發之時，及早處理。見微知著，洞燭機先，如此才是全身之道。整篇文章，簡鍊精要。所述故事，結構完整，生動傳神。說理方面，由淺入深，脈絡清晰，是一篇意味雋永的哲理散文。

作者

韓非，戰國後期韓國王室的公子。據錢穆《先秦諸子繫年考辨》所考，大約生於韓釐王十六年（西元前二八〇年），卒於韓王安六年（秦王政十四年，西元前二三三年），年壽約四十八歲。韓非曾與李斯同學於荀況，李斯自嘆不如。喜好商鞅和申不害提倡的「刑名法術」之學。屢次建議韓王變法圖強，都不被採用。因此發憤著書，作〈孤憤〉、〈五蠹〉、〈說難〉等十餘萬言。秦王政讀其書，大爲嘆賞。其後秦兵攻韓，韓王派韓非出使秦國。李斯深恐韓非被重用，乃設計陷害，韓非最後被迫自殺於獄中。

《韓非子》一書，《漢書．藝文志》著錄五十五篇，除少數幾篇外，大部分爲韓非所自著。韓非吸收儒、道、墨各家的思想，尤其是前期法家的思想，具有反傳統、變的史觀、現實主義的政治觀等思想特徵。主張爲治者應「不務德而務法」，「賞厚而信，刑重而必」。綜合商鞅的「法」治，申不害的「術」治，愼到的「勢」治，提倡法、術、勢三者合一的君王統治術，有系統地建構法家的思想體系，爲法家思想的集大成者，對後世影響很大。

韓非的文章，陳柱說：「其文章實幾已無體不備矣。其文之美者不可勝舉，〈五蠹〉一篇可謂洋洋大觀，〈難勢〉一篇可謂壁立千仞。」韓非之文，多屬政論，但體式多樣，不一而足，尤其擅長駁論。論證則切中要害，邏輯謹嚴，筆鋒犀利，富於說服力。語言通俗暢達，簡潔明快。《韓非子》一書，還有一個突出的特點，就是保存了古代大量的寓言故事，約有三百多則，居先秦各家著作之冠。行文多用寓言故事來闡明哲理，也就形成了韓非文章的藝術特點。

課文

有形之類❶，大必起於小；行久❷之物，族❸必起於少。故曰：「天下之難事，必作❹於易；天下之大事，必作於細。」是以欲制物❺者，於其細也。故曰：「圖難於其易也，爲大於其細也。」

千丈之隄，以螻蟻之穴❻潰；百尺之室，以突隙之熛❼焚。故白圭之行隄❽也，塞其穴；丈人之愼火也，塗其隙。是以白圭無水難，丈人無火患。此皆愼易以避難，敬細以遠大者也❾。

扁鵲❿見蔡桓公⓫，立有間。扁鵲曰：「君有疾在腠理⓬，不治將恐深。」桓公曰：「寡人無疾。」扁鵲出，桓公曰：「醫之好治不病以爲功。」居十日，扁鵲復見曰：「君之病在肌膚，不治將益深。」桓公不應。扁鵲出，桓公又不悅。居⓭十日，扁鵲復見曰：「君之病在腸胃，不治將益深。」桓公又不應。扁鵲出，桓公又不悅。居十日，扁鵲望桓公而還走⓮。桓公故使人問之。扁鵲曰：「疾在腠理，湯熨⓯之所及也；在肌膚，鍼石⓰之所及也；在腸胃，火齊⓱之所及也；在骨髓，司命⓲之所屬，無奈何也。今在骨髓，臣是以無請也。」居五日，桓公體痛，使人索⑲扁鵲，已逃秦矣。桓公遂死。故良醫之治病也，攻之於腠理，此皆爭之於小者也。夫事之禍福，亦有腠理之地⑳，故聖人蚤從事㉑焉。

注釋

❶有形之類　具有形體的各種物類。

❷行久　歷時長久。

❸族　衆多。

❹作　興起，發生。

❺制物　制裁事物。

❻螻蟻之穴　極言穴洞之小。螻，螻蛄。俗名土狗。蟻，螞蟻。

❼突隙之熛　煙囪裂縫的火花。熛，音ㄅㄧㄠ，火花迸飛。

❽白圭之行隄　白圭，戰國時人。名丹，字圭，善治水。行隄，巡視堤防。

❾慎易以避難二句　謹慎於容易的事以避免難事，謹慎於細小的事以遠離大事。

❿扁鵲　古代名醫。姓秦，名越人。治病洞見五臟癥結，以診脈為名。

⓫蔡桓公　名封人，春秋時蔡國國君。

⓬腠理　皮膚的紋理。

⓭居　止，停。

⓮還走　轉身就走。還，同「旋」，掉轉。

⓯湯熨　用熱物在皮膚上按摩。湯，同「燙」，熱敷。熨，音ㄨㄟˋ，用藥物熱敷。

⓰鍼石　金針和石針。鍼，音ㄓㄣ，「針」的本字。

⓱火齊　清火去熱的湯劑。齊，通「劑」。

⓲司命　古代傳說掌管生死的神。

⓳索　尋找。

⓴腠理之地　指易於治理的餘地。

㉑蚤從事　及早處理。蚤，通「早」。

問題討論與習作

一、韓非以「法」、「術」、「勢」三者合一為思想綱領，構成完密的理論系統，為法家思想的集大成者。請試就所知，說明韓非思想的要義。

二、老子說：「圖難於其易，為大於其細。」《道德經‧第六十三章》提醒我們處理艱難的事情，須先從細微處著手。面臨輕易的事情，卻不可心存輕忽。你是否也這麼認為？你平時為人處事是這樣的嗎？

三、劉勰說：「韓非著博喻之富。」《文心雕龍‧諸子篇》充分肯定韓非寓言文學的成就。不僅數量多，在思想和藝術上都達到了很高的水平，而且有很多已演為成語，廣為流傳。請試舉出幾則寓言故事，敘述內容，並分析其中的思想主題和藝術技巧。

第四課　濰縣署中與舍弟墨第二書

鄭燮

導讀

本篇為書信的應用文，可歸為論說文，選自《鄭板橋全集》。鄭燮所寫家書，文字淺白，自然坦率，情感真摯，以深入淺出的方式，娓娓敘述為人處世的道理，為世所稱。墨，是作者的堂弟鄭墨。

文分五段，首段言晚年得子雖喜，仍須教之以忠厚。二段言不可因小兒玩樂，而壓抑生物之本性。三段請堂弟墨代為管教子女，應珍護生命，不能獨占好物，長其忠厚之情，驅其殘忍之性。四段以讀書事小，明理事大作結。五段為附加之內容，真正豢養魚及鳥，應以天地為囿，以江漢為池，一切生物都能順其本性自然地生長。板橋發揮「民胞物與」的胸懷，在其家書可見其梗概。

作者

鄭燮（西元一六九三～一七六五年），字克柔，自號板橋道人，清江蘇興化（今江蘇省興化市）人，任山東濰縣縣令，因歲饑，爲民請命，開倉賑災，而忤逆大臣，請歸。

其爲人灑脫，而天性純厚，詩詞兼工，詩風近乎香山、放翁；書法疏放挺秀，隸楷行三體相參而自成一家；所畫蘭竹，亦秀逸有致，時人以詩書畫三絕稱之；著有《鄭板橋全集》。

課文

余五十二歲始得一子，豈有不愛之理！然愛之必以其道，雖嬉戲頑耍❶，務令忠厚悱惻❷，毋爲刻急❸也。

平生最不喜籠中養鳥，我圖娛悅，彼在囚牢，何情何理，而必屈物之性❹以適吾性乎！至于髮繫蜻蜓，線縛螃蟹，爲小兒頑具，不過一時片刻便摺拉而死。夫天地生物，化育劬勞❺，一蟻一蟲，皆本陰陽五行❻之氣絪縕❼而出。上帝亦心心愛念。而萬物之性人爲貴，吾輩竟不能體天之心以爲心，萬物將何所託命乎？蛇蚖❽蜈蚣豺狼虎豹，蟲❾之最毒者也，然天既生之，我何得而殺之？若必欲盡殺，天地又何必生？亦唯驅之使遠，避之使不相害而已。蜘蛛結網，于人何罪，或謂其夜間咒月，令人牆傾壁倒，遂擊殺無遺。此等說話，出于何經何典，而遂以此殘物之命，可乎哉？可乎哉？

我不在家，兒子便是你管束。要須長❿其忠厚之情，驅⓫其殘忍之性，不得以爲猶子[12]而姑縱惜也。家人兒女，總是天地間一般人，當一般愛惜，不可使吾兒凌虐他。凡魚飧[13]果餅，宜均分散給，大家歡嬉跳躍。若吾兒坐食好物，令家人子遠立而望，不得一霑唇齒；其父母見而憐之，無可如何，呼之使去，豈非割心剜肉[14]乎！

夫讀書中舉中進士作官，此是小事，第一要明理作個好人。可將此書讀與郭嫂、饒嫂聽，使二婦人知愛子之道在此不在彼也。

◎書後又一紙

所云不得籠中養鳥，而予又未嘗不愛鳥，但養之有道耳。欲養鳥莫如多種樹，使遶屋數百株，扶疏茂密，爲鳥國鳥家。將旦時，睡夢初醒，尚展轉在被，聽一片啁啾，如〈雲門〉、〈咸池〉[15]之奏；及披衣而起，頮面[16]漱口啜茗[17]，見其揚翬振彩[18]，倏往倏來[19]，目不暇給[20]，固非一籠一羽之樂而已。大率[21]平生樂處，欲以天地爲囿，江漢爲池[22]，各適其天，斯爲大快；比之盆魚籠鳥，其鉅細仁忍何如也[23]！

注釋

❶頑耍　遊戲。
❷悱惻　指內心悲憫傷痛。
❸刻急　苛刻急躁。
❹屈物之性　屈抑物的本性。
❺劬勞　辛勞。劬，音ㄑㄩˊ。
❻五行　指水、火、木、金、土。
❼絪縕　天地合氣。
❽虺　毒蛇。
❾蟲　古時大小動物都可稱蟲。
❿長　增長。長，音ㄓㄤˇ。
⓫驅　除。
⓬猶子　姪兒。
⓭飱　煮熟的食物。
⓭剜肉　削肉、挖取肉。剜，音ㄨㄢ。
⓯〈雲門〉、〈咸池〉　都是黃帝所製的音樂。
⓰頮面　洗臉。頮，音ㄏㄨㄟˋ。
⓱啜茗　喝茶。
⓲揚翬振彩　張開五彩繽紛的翅膀飛翔。翬，音ㄏㄨㄟ。
⓳倏往倏來　忽往忽來。倏，音ㄕㄨˋ，極快地、忽然。
⓴目不暇給　眼睛來不及全看。
㉑大率　大抵、大都。
㉒以天地為囿，江漢為池　把天地當作園囿，把長江、漢水當作水池。囿，養禽獸的地方。池，養魚的地方。
㉓其鉅細仁忍何如也　這樣空間的大小，用心的仁慈或殘忍，相差多麼遠啊！

問題討論與習作

一、就本文的內容，請說出自己對「尊重生命」的看法？
二、如果您是為人父母者，您會如何撰寫一封給就讀大學子女的勉勵信？

第五課 閱讀使你爬上巨人的肩膀

洪蘭

導讀

這是一篇說理文，選自《講理就好》，主旨在論述閱讀的重要性。作者從社會及科學的角度，說明閱讀能提昇我們必備的能力，爬上前人的肩膀，高瞻遠矚。

全文在序言和結語間分三大段：序言說明現代知識的累積已超越一般人可以負荷的能力。第一大段說明閱讀可以在最短時間內吸取別人的研究成果；第二大段陳述閱讀的特性和功用；第三大段說明閱讀的諸多好處；結語勉勵學者應準備語言能力和組織能力，以迎接新世紀的挑戰。

本文旨在論述閱讀的重要性，訴求明確。最可貴的是能運用最新的生物科技研究成果佐證，如：藉電腦和生物科技的進步，說明當今資訊爆炸的情形。接著說明人類學習的機制，強調閱讀可以增加我們的背景知識，提供形成智慧的鷹架，使我們有獨立判斷的能力。隨後以閱讀的諸多好處，如：增加挫折忍受的能力、拓展視野、改變氣質等，循循善誘，再配合當今國際社會變遷的趨勢，總結全文。論說條理明晰，遣詞用字平易流暢，自比較傳統式勸學性文章更具說服力。

作者

洪蘭，福建省同安縣人，一九六九年臺灣大學法律系畢業後，即赴美留學。一九八〇年在美拿到實驗心理學博士學位，從事研究、教學工作逾二十年。一九九二年回臺任教於中正大學心理學研究所；目前任教於中央大學認知神經科學研究所教授兼所長。她多年以來致力於腦科學的研究，以及相關知識在教育的應用和推廣。

她的主要研究興趣包括認知心理學、語言心理學、神經心理學與神經語言學。多年來有感於國內科學環境未臻成熟及臺灣人見面只談股票，不看書，毅然在教學之外積極投身著作及翻譯，致力科學生根及閱讀推廣的工作，是一位熱情的科學知識拓荒者。

平常除了四處演講，在雜誌寫專欄，並與遠流出版公司合作策畫【生命科學館】、譯介心理學、生命科學等領域的優質科普書籍。十餘年的積累，不但譯有《大腦的祕密檔案》、《腦內乾坤》、《眞實的快樂》、《奈米獵殺》、《透視記憶》、《改變》、《基因複製》等三十本書，更完成《講理就好》、《打開科學書：講理就好Ⅱ》、《知書達理：講理就好Ⅲ》、《講理就好：理應外合Ⅳ》、《良書亦友：講理就好Ⅴ》五書（遠流），其中《講理就好》更獲九十一年度「社會科學類優良推薦圖書」金鼎獎。

課文

在人類史上，知識的累積從來沒有像過去一百年來這樣的驚人。從一九六一到八一年，二十年間所累積的知識可以說是過去二千年的總和，從一九八一年到現在，知識又幾乎增加了一倍。難怪大家說資訊爆炸，因爲現代知識的增加已經超越一般人可以負荷的能力，是前人無法想像的。比如說，在二十世紀之初，萊特兄弟（Wight brothers）剛發明滑翔機；一九二七年，林白便駕著單引擎飛機「聖路易精神號」飛越大西洋；到一九六九年七月，人類更登上了月球。尼爾・阿姆斯壯（Neil Armstrong）當時說出所有人的心聲：「我的一小步，是人類的一大步。」在這短短的幾十年間，人類從不會飛到飛上月球，這種知識的累積與科技的進步眞是驚人。

◎可以設計訂製生命的世界

在二十世紀初的時候，我們對生命的本質、來源、結構都不很了解，人的平均壽命才四十八歲，連血型有種類、不能隨意輸血都不知道，但是到一九五三年，詹姆斯・華生（James Watson）和法蘭西斯・克里克（Francis Crick）卻發現DNA的雙螺旋結構，開啓了分子生物學的大門。人類也是在短短的幾十年間，不但壽命延長到七十五歲，而且有複製人的能力了。

一九九七年，英國成功地用成年的乳腺細胞複製出一頭羊，推翻生物學上成年細胞不再分化的定律，最近馬上要解出人類23對染色體的基因序列，可製作基因晶片以比對遺傳上的疾病。人類從萬物之靈，變成可以被另一個人類設計訂製的生命，這個知識的累積不可謂不驚人。

當然，電腦的發明是這些科技突破的大功臣，二十一世紀最大的挑戰將會在生物科技與電子資訊方面。電腦使我們將記憶存放於外界，不再受到生理的限制（人腦只有三磅重大約10^{12}-10^{14}的神經元），人腦發明了電腦，電腦又反過來研究人腦。科學家把人腦稱爲人類最後的一塊處女地，我們可以複製出一個一模一樣的人，卻不能使兩個人有一模一樣的記憶。人體什麼器官都能移植，卻不能移植大腦。如今人腦最後的解碼就落在電腦身上，人類的基因圖碼因有電腦的幫助，才可能在短短幾年內將序列排出。

因爲知識的快速累積，科技的突飛猛進，科學家對於未來世界的預測都不敢超過五年，有人甚至連預測兩年後會變成什麼樣都不敢（還記得這兩年e-mail和大哥大的普遍情形嗎？），因爲科技的進步是呈等比級數上升，人類無法看到那麼遠。我們的祖先無論如何都不可能預測到今天我們生活的方式；不要說祖先，就連生在本世紀，在馬來半島叢林中躲了四十年的人重回人間後，也不敢相信人類的文明可以在二次世界大戰後進步得這麼快。

科學的發明可以進步這麼快，最主要是因爲人類的知識可以累積。我們有文字，可超越時空的阻隔，將前人一生研究的心血記錄下來，流傳後世，使我們可以站在他們的肩膀上，看得更高、更遠。還記得牛頓說，他是站在巨人的肩膀上那一段話嗎？一個人的生命有限，如果沒有前面無數人的努力，我們今天不可能坐在這裡享受這麼進步的科技文明。因此，面對二十一世紀資訊爆炸時代唯一的武器，便是閱讀——在最短的時間內吸取別人研究的成果。閱讀是目前所知唯一可以替代經驗、使個體取得知識的方法（這裡所指的知識是已被內化，隨時可以取用的東西）。

◎背景知識是智慧的鷹架

我們吸取外界知識一般來說有兩個管道：聽和看。因爲聽覺是時間性的，時間流過去，聲波就消失。因此，除非大腦中已有背景知識的架構，可以捕捉這些聲波，使它意義出現，不然有聽沒有見，好像在聽外國人講外國語一樣，雖然很努力聽，仍然無法重複。一般俗語所說的「鴨子聽雷」，指的便是這種現象，因爲不了解意義，聽過之後聲波消失，便無法在大腦留下記憶的痕跡。（對於記憶的處理，一般可以分爲工作記憶和長期記憶，訊息經過工作記憶的處理後，轉存入長期記憶，而工作記憶需要動用到先前的背景知識或認知架構，來幫忙處理新的訊息。）

視覺是空間性的，閱讀比聽講更能夠吸收較多的知識，原因是文字不會像聲音一樣消失，碰到文義不懂時，眼睛可以回去再看，這使訊息的吸收可以依照自己的步調來進行。這是爲什麼聽演講時，最能夠看出一個人對某個領域的功力，一般來說，教授聽的比博士班學生多，博士生又聽的比碩士班學生多，而大學生聽專業演講大約只能聽懂兩三成。在這裡，我們清楚看到背景知識的重要性，它提供我們鷹架，讓後來的知識可以往上爬，進入它應該放置的位置。這也是爲什麼我們的學習，不是一個連續性的曲線，而是學習到某一個程度時豁然貫通，使自己提昇到另一個境界，這也就是心理學所謂的「頓悟」——當所有的知識都放入恰當的背景架構中時，一幅完整的圖像才會浮出，我們才會恍然大悟，原來先前這些知識彼此的關係是這樣的，原來這個主題眞正的意義在這裡。於是這個主題的知識便被內化成爲你所了解的東西，可以經由你自己的口，説出來給別人聽了。這個知識即使改變成很多不同的形狀，你還是認得它，不會被外表的形狀所矇蔽，你自己也能任意變換描述它的方式而不失眞。這就是爲什麼眞正懂的人，可以深入淺出的把一個困難的概念講得讓別人聽得懂，而半瓶醋的人往往説得天花亂墜，聽的人卻仍不知所云。

在研究所裡，我們常叫學生上臺作報告，當一個學生可以不看講稿、侃侃而談時，他所講的是已被他自己吸收、內化了的知識。在學習上，我們深切希望能作到這一點，因爲一個死記背誦而來的知識是無法轉換的，而一個無法轉換的知識是無法觸類旁通、引發新的知識的。知識的不足，使得我們的學生無法擁有批判性思考或作出獨立判斷的能力，假如你不知道別人講得對不對，如何作出正確的判斷？假如你不知道這件事情的來龍去脈，如何對它提出批判性的思考？

目前我們的社會充滿盲從、人云亦云的現象，最基本的原因，就是我們國民的知識不夠，不足以作有智慧的判斷，這點是目前大力推動閱讀的最主要原因。要使臺灣成爲科技島，國民的基本常識一定要提高，而閱讀，便是提昇這個能力最簡便、最快捷的方式。

閱讀的好處不只是打開了一扇通往古今中外的大門，讓你依你自己的時間、自己的步調在裡面遨遊，它同時可以刺激大腦神經的發展，使你的大腦不會退化。最近的研究發現，義大利北部文盲和讀過五年書的老人，在阿滋海默症（老人失智症）上的比例是十四比一，也就是說，讀過幾年書、可以看報紙的人，得阿滋海默症的機率比不認得字的人少了十四倍。「十四」倍在醫學上是個很大的差距，有沒有動腦筋造成這個差別，是因爲大腦的神經元基本上是「用進廢退」。從猴子的實驗中我們發現，當把小猴子的中指頭切去，原來掌管中指的神經，便會朝兩邊伸過去掌管食指和無名指了；一個人的手臂出意外鋸掉以後，原來的手神經便會伸到別的部門去管別人的事，神經是不會無所事事的。一個沒有與其他神經元同步發射的神經元會被修剪掉。閱讀時，每一個字會激發其他的字，會聯想到過去的經驗，你的神經會像骨牌效應一樣，一個牽動一個，發射起來形成綿密的神經網路。

◎增加忍受挫折的能力

閱讀的另一個好處，是增加個體忍受挫折的能力，減少心理上因無知所造成的恐懼感。在遭受打擊時，我們第一個反應常是「爲什麼是我？」（Why me ?）認爲上天對自己不公平，開始怨天尤人。一個人如果把精力花到怨怪別人身上，自然沒有餘力思索解決問題之道。而且大家都不喜歡與愛抱怨的人在一起，所以這個人就越來越孤獨，越落單，一個人獨處時就越會鑽牛角尖，越怨嘆就越沒有朋友，惡性循環之下，憂鬱症就出現了。

其實，太陽底下沒有新鮮事，大部分的事情，過去都曾發生過，只是時間、地點、人名不一樣而已，這是爲什麼讀歷史可以以古鑑今，幫助我們解決現在的問題。閱讀、吸收別人的經驗，可以幫助我們克服現在的困難，激勵自己再出發。同時一旦發現別人也曾和自己一樣受過這個苦，心中不平之氣就會消減許多，這是爲什麼在醫療上「支持團體」（Supporting group）這麼有效的原因。所謂「同病相憐」，一旦人感到自己沒有那麼孤單，挫折感就減輕了一半，就比較能正確的面對問題。

當我們無知時，很容易感到恐懼，算命的流行，就是因爲對未來的不可知引發心中的恐懼，使得人們願意花錢買一個心靈的平靜（大部分的算命是報喜不報憂），事情不論有多壞，如果我們知道該如何處理，就不會焦慮、害怕。我們可能會憤怒、悲傷，但不會惶恐、不知所措。那麼，怎樣才可以減少自己因無知所引起的焦慮呢？這個答案仍然只有閱讀，從了解問題本質尋求解決之道，從別人的經驗中汲取教訓。

我們說：讀書可以改變氣質，這是因爲讀了很多書，視野變得寬廣，不會再為芝麻綠豆的小事煩心，眉頭不會深鎖。知識淵博，使你對問題有多元的解決方式，當你成竹在胸，自然談吐有物，進退得體，這便是風度和氣質。所以好氣質必得透過讀書薰陶而來，不可能急促而得，也無法憑空作假形成。

最後，閱讀帶給你最大的好處是擁有別人偷不走、也搶不掉的知識。這個儲存在腦裡的知識讓你可以隨時拿出來把玩，使你在看山是山、看水是水之時，得以進入更高的意境，使你在任何時候、任何地方都能怡然自得，達到歸眞返璞、終身不辱的境界。

因此，作一個學生，現在應該準備的是語文能力和組織能力。語文能力是因為全球科技進步，已經拉近人們的距離，朝發夕至已經不是新聞，而是日常生活的一部分。地球村化的結果，便是作到古人所說的天涯若比鄰，尤其是臺灣加入世界貿易組織後，外國會紛紛湧入臺灣作生意，國際語言的能力是我們必備的，有了它我們才能與外國人溝通，才能上網搜尋別國的資料充實自己。

現在所有的資料都可以輕易在網上找到，下載便可，但如果沒有組織能力，呈交出來的便是「資料彙集」而非「心得報告」。資訊太多以後，必需知道取捨，並從取得的資料中理出彼此之間的關係、頭緒，進而形成自己的創見。這個趨勢已使各大學逐漸走向開放式的考試，老師出題後，學生回去上網找資料找答案，複誦式的記憶已經落伍了。我們前面已說過，電腦的記憶體比人類的頭腦大上幾百倍，而且一再取用也不會變形，因此，除了文史科以外，現代的教學已不再要求學生死記，而必需培養組織能力與統整能力，將前人或別人的知識轉化爲你自己的能量，閱讀使你爬上前人的肩膀，有了這個能力，你才能在爬上去後不掉下來，並可以高瞻遠矚，另有一番創見。

再過兩個月，二十一世紀便眞正開始了，希望我們的學生能把握在校的時光，好好充實自己，迎接二十一世紀的挑戰。

問題討論與習作

一、閱讀的功能千萬種，作者沒有提到的還有哪些？請和同學分享個人最有收穫的閱讀經驗。

二、請依照系所的特質和個人的興趣所在，擬定大學一年級的閱讀計劃。

三、請任選一本洪蘭教授的作品，撰寫閱讀報告一份。

記敘文

記敘文概說

一、記敘文的定義、流變與特色

朱子南《中國文體學辭典》：「所謂記敘文是以記人、敘事、寫景為主要內容，以敘述、描寫為主要表現手法的一種文章。」這段定義說明記敘文的主要內容包括人物、事件、景物，而表現手法則以敘寫為主。

記敘文源遠流長，形成要早於抒情、議論等文體，上古神農氏「結繩記事」，因此文字的創造，最早是為了滿足記事的需要。記敘文最早見於商代的卜辭、青銅器銘文，以及《尚書》中的〈禹貢〉、〈顧命〉。古典記敘文包括紀傳體（本紀、世家、列傳）、記事本末體、行狀、年譜、言行錄、記、碑文、哀祭、弔文、誄等，另外清代姚鼐《古文辭類纂》中「雜記」、「傳狀」、「碑志」等類，也都屬於記敘文的範疇。現代記敘文包括傳記、回憶錄、方志、訪問記、參觀記、遊記、敘事散文等，在日常生活上應用非常廣泛。

狹義的記敘文在內容上有追求真實性的特徵，要求所敘述的內容，力求符合真實的原則，但廣義的記敘文則不受真實性的局限，可以包括小說與戲劇等虛構的文學作品。

二、記敘文的構思

作家在下筆為文之前，對作品的內容和形式進行思考醞釀，即為構思，構思的過程包括：

(一)審題

所謂「審題」，就是透過對作文題目的思考和分析，了解寫作的範圍、重點和對象，掌握立意，確定文章的體裁。審題時，若遇到比較抽象、概括、空泛的題目時，這類題目就要尋找實寫點，變虛為實，馳騁想像，選定題意，若題目的意涵、內容很窄，素材有限，則可以擴大範圍來寫。

(二)搜尋素材

確定主題後，應搜尋相關資訊，從中找到適合的素材。尋找素材可以從回想與聯想兩方面進行。

1. 回想的運用

在構思階段，可以根據主題進行回想，回憶過去曾親身經驗與聽聞的訊息。作者可以在回想中進行材料的蒐集、選擇與組織。回想必需具方向性、層次性與合理性，進而決定記敘的線索與順序。

2. 聯想的效果

聯想是由某人或某事物而想起其他相關的人或事物，或由某一概念而引發其他相關的概念。聯想包括因果聯想、對比聯想與相似聯想，使想像力得以開展與延伸，使主題得以深化與拓廣。

(三)形成全文架構

素材蒐集完畢後，即要進行剪裁與編排，決定文章各段重心，安排好材料的詳略先後。文章的發展要合乎邏輯結構，或以時間前後為序，脈絡分明，或以空間遠近為安排，秩序井然。

㈣開展全文

當素材蒐集充分，全文架構形成後，接下來進行情節的設計，藉以開展全文。下筆前必需先選擇適當的表達方式與敘述方法，記敘文有人、事、景等不同種類的主題，記敘文主要的表達方式為敘述與描寫，為追求文情並茂、跌宕多姿，常會夾以抒情與議論。敘述的方法有順敘、倒敘、補敘、插敘等，不同敘述方法會創造不同的效果，下文將一一說明。

三、記敘文的種類

記敘文根據內容可分為以人物、事物、景象、敘事等不同種類。

㈠以人為主的記敘文，必需注意塑造人物的鮮明形象。

1.注意人物的出身背景、生長環境

行文時注意到主角人物因生活環境、性別、年齡、歷練及文化素養的不同，而會有思想、情感及性格特質的差異，並將其具體呈現。如此不僅能突顯出主角與眾不同之處，也能使讀者留下深刻印象。

2.描繪具特徵的外貌

每個人的音容笑貌，各有其特殊氣質，如能掌握特色，運用優秀的修辭技巧來描寫形容，會使人物形象更為具體鮮明。

3.善用對話、動作，刻畫人物

具體的對話與動作的描寫，比起單純平面的描述更能使人物的形象活潑生動。

例如《史記‧刺客列傳》中提到豫讓刺殺趙襄子的過程，第一次是改名換姓，混充奴隸進入宮室，埋伏在廁所伺機行動，第二次則是自毀容貌與聲音，埋伏在橋下等候目標。作者利用連續具體事件的描述，將刺客決心為知己而死的信念，表現出來，如此一來，即使主角行動接連失敗，讀者亦感受到其行為之壯烈及情操之偉大，更能凸顯作者不以成敗論英雄的觀點。

(二)以景物為主的文章，包括自然界的花草樹木、風霜雪雨，以及人為的社會環境，都是主要內容。

1. 運用修辭技巧，使靜態的外界景物，呈現動態的生命力

寫景之文，如能運用聽覺、視覺、嗅覺、觸覺等描寫技巧，喚起讀者所擁有感官的記憶，或者運用擬人、譬喻等修辭手法，就可將景物生動活化，達到「繪聲繪影」的效果。

例如劉克襄〈走過箭竹草原〉：「五月初時，許多高山植物的芽苞像懷胎三月的婦人，肚子已然鼓脹，等待著綻放。」含苞待放的植物有如懷孕的婦人，喚起讀者往日的生活體驗與視覺記憶，即使沒有親身造訪高原，也能擁有無限想像。

2. 情景交融、借景抒情

文章中的景物描寫，投入作者的感情寄託，使景物與情感交融合一。

例如劉克襄〈走過箭竹草原〉：「玉山箭竹構成的草原之情境，就會像春天的攀藤，從腳前迅速蔓生到我的胸臆，成為生命裡最寬廣的綠地。」箭竹草原被比喻為春天的藤蔓，喚起作者生命中美好事物的感受，外在的景物被染上作者的情感，兩者交融合一。

㈢以事件為主的記敘文，要將整件事件的前因、過程、結果，詳細的敘述出來，避免發生前後矛盾的情形。

1. 掌握事件的中心思想

每篇文章一定要有個中心思想，也就是文章的「主旨」，將作者想要傳達的思想與感情，更明確的傳達給讀者。

例如〈錯斬崔寧〉的故事，文章中主人翁原本是平凡和樂的一家三口，由於岳丈的慷慨借金，幾乎可以看到寬闊平坦的未來，卻由於一件意外的災禍，斷送了無辜的三條人命，最後壞人伏法，女主角青燈古佛以伴餘生。這個事件的相關人物，不管意願如何，都被捲入致命的漩渦，以至於滅頂，渺小的人類在無常之前，只能戰慄瑟縮，謹慎小心，這樣的處世哲學，貫穿整個文章的脈絡。

2. 選取有關片段，精彩描述

對事件的記敘，切忌以流水帳的方式敘述；應擇取精彩且關鍵的部分，作深刻的描寫。《史記．刺客列傳》中提及專諸刺殺吳王僚的史實：「酒既酣，公子光佯為足疾，入窟室中，使專諸置匕首魚炙之腹中而進之。既至王前，專諸擘魚，因以匕首刺王僚，王僚立死。」一場驚心動魄足以改變歷史的刺殺事件，作者用不到五十字交代完成，簡潔俐落，令人印象深刻。

3. 以事為主，以人為輔

以事為主及以人為主的文章，應有輕重不同的差別，敘述事件難免會寫到人，這時須以事為主，人物為輔，不可本末倒置、喧賓奪主。

四、記敘文的敘述方法

記敘文的寫法以敘述的順序來說有順敘法、倒敘法、插敘法、補敘法等。

㈠順敘：行文須依邏輯因果發展，如時間先後、空間遠近、事件發展的順序等進行敘述。

例如郁永河〈臺灣通史・臺灣採硫〉一文，首先提到作者因喜好遊歷，加上康熙年間福州火藥局爆炸，地方政府需賠償損失火藥等種種因緣，於是領命來臺採硫。下文描寫他由臺南府城，歷經千辛萬苦北行到達淡水，沿途所見的自然景觀與對原住民的觀察，末了以在北投採硫的艱苦過程作結束。全文以時間的先後次序鋪敘完成，脈絡清晰，讀者更能掌握漫長時間所發生的複雜事件。

用順敘法寫文章，要注意素材的取捨，所表現的內容，要根據文章的主旨和情節的需要，有詳略疏密之別，否則便像流水帳一樣平淡了。

㈡倒敘：先敘述結局，或將全文精彩重要的片段調到前面表現，然後再將原因或事件本身，按照時間先後或空間近遠的邏輯因果陳述。

例如袁枚的〈祭妹文〉，以祭奠袁機為開頭，接著追思兩人從小一起成長的點滴事蹟，如童年生活中的記憶，自己在妹妹失敗的婚姻裡應負的責任，妹妹離婚後回到娘家的生活，以及自己生病時，妹妹盡心照顧的手足情深等。文章一開始表明人物的逝去，接著回憶親人相處的種種瑣事，讓讀者意識到往事的不返與珍貴，使文章哀祭的主題更為彰顯。

㈢補敘：在文章敘述的事件結束後，於文末再提出補充說明。通常是用來補充事件的發生原因、人物的背景或作者的感受。運用補敘法，可以在記敘事件或人物時，頭尾清楚，使情節更完整、充實；也可以塑造懸疑氛圍，加強情節的曲折性。

例如鍾理和〈貧賤夫妻〉第一段，也運用補敘的技巧。文章開頭作者因病住院三年，終於可以回家，但下車後卻看不到情深意重的妻子來迎接他，這使讀者產生第一個懸念。接著作者一邊自己慢慢走回家，一邊設想各種可能，並進一步交代生病的始末及家中的境況，由於妻子沒有出現的問題得不到答案，所以行文始終籠罩著沉沉的陰影，一直到回家捷徑的路旁，方才看到久違的妻子與長子，三人相見悲喜交集，這才使謎底揭曉，完成文章的第一段波瀾。

㈣插敘：在事件的敘述過程中，暫時中斷，插入一些與主題有關的資料內容，以便對前文內容或後來的發展作補充說明。

例如〈錯斬崔寧〉中，當冤獄造成，崔寧與小娘子無辜受戮，說話人此時插敘主觀評論，解釋這段冤枉的經過，指責官員的無能，傳達出文章的主題思想。又如劉貴帶著醉意離開友人家那一段，說話人插敘道：「若是說話的同年生，並肩長，攔腰抱住，把臂拖回，也不見得受這般災晦，卻教劉官人死得不如：『五代史李存孝，漢書中彭越』。」說話人適時種下伏筆、設計懸念，造成扣人心弦的效果。

五、記敘文的寫作要領

上文皆討論創作方法，但要寫好記敘文，需掌握幾個基本原則。

㈠製造懸念、引人入勝

所謂懸念，就是讀者在閱讀文章時，關切事件發展與人物命運的期待與緊張心情。懸念創造出謎團，使讀者困惑難解，從而產生繼續往下看的慾望。

記敘文若是平鋪直敘，毫無變化，則容易平淡無奇，索然乏味，巧妙設計懸念是提高文章吸引力的方法。設計懸念的方法有安排設問、製造矛盾，及描寫不合常情、異常的情景等，必需出人意料之外，又合於情理之中，才能產生說服力，創造藝術感染力。

(二)虛實相稱、波瀾起伏

所謂「實寫」，就是具體直接地描寫，「虛寫」，就是間接側面地寫，如人物自始至終從未出場，但影響著主角的命運或故事的結局。如果僅有實寫，則文章會枯燥乏味，如果僅用虛寫，則會空洞貧乏。「虛實相稱」就是實寫與虛寫結合起來，虛中有實，實中有虛，相輔相成，造成文章波瀾起伏、跌宕多姿。

(三)抑揚相生、張弛有致

所謂「抑揚相生」，即敘述人物事件，欲揚先抑，或欲抑先揚，創造出情感的矛盾衝突，使讀者心裡產生波瀾。「張弛有致」，指的是節奏快速與節奏緩慢的筆調交錯發展，前者通常用來敘寫衝突、緊張的內容，後者用來處理舒緩從容的部分。真實生活本就是變化難測、起伏不定，文章若能抑揚相間、張弛有致，符合現實人生內在規律，就能創造獨特的藝術魅力和感人的效果。

(四)前後呼應、結構謹嚴

記敘文以人物事件為主，必需將人時地物等相關背景交代清楚，為使線索明確、主題彰顯，因此要前後呼應，結構謹嚴，各段之間，脈絡相連，使文章成為完美的有機體。

六、結語

記敘文雖然主要通過記敘與描寫來表現中心思想，但為了增強文章的感染力，也可以加進一些議論和抒情，來加深讀者對文章的理解，激發讀者的共鳴。記敘文中的議論和抒情，或在文章的開頭或結尾，或貫穿在記敘的過程中，或在關鍵的地方插進寥寥數語。

記敘、描寫、議論、抒情等表達方式，雖然各有特點，但絕非截然分開。撰寫記敘文，有時敘中有議、議中有敘；有時寓情於理、理中見情，最重要是彼此之間有內在的聯繫，緊扣文章的中心思想，不要喧賓奪主，才不會破壞文章的完整性。

第一課　鄭伯克段于鄢

左傳

導讀

本篇選自《左傳》魯隱公元年。「鄭伯克段于鄢」，本是《春秋》經文，今移作文題。春秋之際，周道衰微，或父子相殘，或兄弟相滅，人慾橫流，天理將亡，孔子因之而作《春秋》，左丘明亦纂修《左傳》，志在「懲惡勸善、匡救時弊」。

本文敘述鄭武公娶武姜，武姜生莊公、共叔段，武姜偏愛共叔段，處心積慮想讓共叔段掌握鄭國大權。而鄭莊公欲滅其弟，所以再三蓄意縱容，使他日漸地狂妄自大、多行不義，最後再出兵將他打敗，並把他趕出了鄭國；之後更遷怒其母的偏私，甚且發誓至死不相見。後為潁考叔的孝心所感動，加上潁考叔對莊公前誓的巧妙解釋，使莊公母子終能和好。

作者在取材方面，刪繁就簡，去粗取精，如：以「寤生」說明武姜憎惡鄭莊公的原因；以「收貳」來凸顯共叔段的野心。就人物形象塑造而言，無不窮形盡態，如：描寫鄭莊公的冷漠刻薄；共叔段的嬌養失教；武姜的率性偏愛，都十分細膩深刻。在對話藝術方面，摒棄了抽象的形容，採用了感性、形象的用詞來展現人物的性格，如：鄭莊公的「自斃」、「自及」和「自崩」等個性語言，無不給人深刻的印象。

作者在詮釋經文部分，以「鄭志」二字，從行為動機方面去論斷是非，頗能發揮《春秋》之微言大義。呂祖謙評價本文，謂為「十分筆力」；歸有光稱賞本篇：「此左氏筆力之最高者」；或者贊其「鬼斧神工」；或者美為「文章之祖」，推崇可謂備至。

作者

《左傳》，是《春秋左氏傳》的簡稱，是春秋時代的一部編年史。關於《左傳》的作者和成書時代，歷來有過許多爭論，意見紛歧。依據司馬遷《史記》的說法，是魯君子左丘明所作。左丘明的生平多不可考，孔子曾經說過：「巧言、令色、足恭，左丘明恥之，丘亦恥之。匿怨而友其人，左丘明恥之，丘亦恥之。」（《論語．公冶長篇》）可見左丘明是孔子十分推崇的人。

《左傳》編年紀事，皆以魯史為中心，旁及同時代諸國之事，起自魯隱公元年（西元前七二二年），迄於魯哀公二十七年（西元前四六八年），詳細記載史實的始末，系統地記敘了春秋時代政治、經濟、軍事和文化等方面的重大事件，眞實地反映了那個時代的社會面貌，是史學上的重要典籍。此外，《左傳》又是一部歷史散文著作，具有很高的文學價值。記敘紛繁複雜的歷史事件，結構謹嚴，情節曲折，尤其善於描寫戰爭場面；人物個性突出，形象鮮明；語言生動簡潔，富有文采，對後世的敘事散文有深遠的影響。

課文

初❶，鄭武公娶于申❷，曰武姜❸，生莊公及共叔段❹。莊公寤生❺，驚姜氏，故名曰寤生，遂惡之。愛共叔段，欲立之。亟請[6]於武公，公弗許。

及莊公即位，爲之請制[7]。公曰：「制，巖邑[8]也。虢叔[9]死焉，佗邑唯命[10]。」請京[11]，使居之，謂之京城大叔。

祭仲[12]曰：「都城過百雉[13]，國之害也。先王之制，大都，不過參國之一[14]；中，五之一；小，九之一。今京不度[15]，非制也，君將不堪。」公曰：「姜氏欲之，焉辟害[16]？」對曰：「姜氏何厭之有？不如早爲之所，無使滋蔓；蔓，難圖也。蔓草猶不可除，況君之寵弟乎？」公曰：「多行不義，必自斃[17]，子姑待之。」

既而大叔命西鄙、北鄙貳於己[18]。公子呂[19]曰：「國不堪貳，君將若之何[20]？欲與大叔，臣請事之；若弗與，則請除之，無生民心[21]。」公曰：「無庸[22]，將自及。」大叔又收貳[23]以爲己邑，至于廩延[24]。子封曰：「可矣！厚[25]將得眾。」公曰：「不義，不暱[26]，厚將崩。」

大叔完聚[27]，繕甲兵[28]，具卒乘[29]，將襲鄭，夫人將啓之[30]。公聞其期曰：「可矣。」命子封帥[31]車二百乘以伐京，京叛大叔段。段入于鄢，公伐諸鄢[32]。

五月辛丑，大叔出奔[33]共。

書[34]曰：「鄭伯克段于鄢[36]。」段不弟[37]，故不言弟。如二君[37]，故曰克。稱鄭伯，譏失教[38]也。謂之鄭志[39]。不言出奔[40]，難之[41]也。

遂寘姜氏于城潁[42]，而誓之曰：「不及黃泉，無相見也！」既而悔之。潁考叔爲潁谷封人[43]，聞之。有獻於公，公賜之食。食舍[44]肉，公問之。對曰：「小人有母，皆嘗小人之食矣。未嘗君之羹[45]，請以遺[46]之。」公曰：「爾有母遺，緊[47]我獨無！」潁考叔曰：「敢問何謂也？」公語之故，且告之悔。對曰：「君何患焉。若闕[48]地及泉，隧[49]而相見，其誰曰不然？」公從之。

公入而賦[50]：「大隧之中，其樂也融融。」姜出而賦：「大隧之外，其樂也泄泄[51]。」遂爲母子如初。

君子曰[52]：「潁考叔，純[53]孝也，愛其母，施[54]及莊公。《詩》曰：『孝子不匱，永錫爾類[55]。』其是之謂乎[56]！」

注釋

❶初　當初，《左傳》追述往事時，用此筆法，《史記》亦沿用之。

❷鄭武公娶于申　鄭，姬姓國，在今河南省新鄭縣一帶。鄭武公，鄭國第二代君，在位二十七年。娶于申，娶申國女子為妻。申，姜姓國，在今河南省南陽縣一帶。

❸武姜　武是丈夫的諡號；姜，是娘家的姓氏。名在前，姓在後。春秋時貴族婦女的稱謂，多如此排列。

❹共叔段　莊公的弟弟太叔，名段。後來逃亡到共，故稱共叔。共，國名，在今河南省輝縣。

❺寤生　寤通牾。《說文》：「牾，逆也。」女人產子，頭先足後為順，足先頭後為逆。寤生，胎兒腳先出來，即難產。

❻亟請　亟，音ㄑㄧˋ，屢次請求。

❼請制　要求「制」這個地方作領地。制，鄭地名，一名虎牢，故城在今河南省汜水縣西。

❽巖邑　險要的城邑。

❾虢叔　虢，音ㄍㄨㄛˊ，國名。虢仲、虢叔，王季之子，文王之同母弟。虢仲封於西虢，虢叔封於東虢，即制邑。虢叔恃制巖邑而不修德，鄭滅之。

❿佗邑唯命　佗，同「他」。唯命，即「唯命是聽」的簡省。

⓫京　鄭國地名，故城在今河南省滎陽縣東南。

⓬祭仲　祭，音ㄓㄞˋ。鄭大夫，字仲足。

⓭雉　古代計算城牆長度的單位，長三丈，高一丈，為一雉。

⓮參國之一　國都的三分之一。

⓯度　法度、規定。

⓰焉辟害　我哪裡能避開禍害呢？焉，哪裡，疑問代詞。辟，通「避」。

⓱斃　仆；跌。引申指死亡。於此指滅亡。

⓲貳於己　貳，兩屬，從屬二主。一方面屬莊公，一方面屬自己。

⓳公子呂　鄭大夫，字子封，鄭之公族。

⓴若之何　如何。

㉑無生民心　不要使民生二心。

㉒無庸　猶言用不著。庸，用。

㉓貳　指西鄙、北鄙之地。

㉔廩延　鄭地名，在今河南省延津縣北。

㉕厚　雄厚，這裡指勢力雄厚。

㉖不暱　不親近兄長。暱，親近。

㉗完聚　完，修城。聚，聚集糧食。

㉘繕甲兵　整治武器裝備。繕，修理、整治。甲，防禦性武器。兵，攻擊性武器。

㉙具卒乘　具，準備。卒，步兵。乘，音ㄕㄥˋ，兵車。

㉚將襲鄭，夫人將啓之　準備偷襲鄭國都城，姜氏則打算作為內應打開城門。襲，行軍不用鐘鼓，今言偷襲。夫人，武姜。啓之，指開城門，作內應。

㉛帥　帥，通「率」。

㉜鄢　鄭地名，在今河南省鄢陵縣北。

㉝出奔　指逃到外國避難。

㉞書　指《春秋》上的記述。以下是解釋《春秋》經文的話，所謂書法。

㉟鄭伯克段于鄢　鄭伯，指鄭莊公。克，《左傳會箋》：「克者，兩敵相角力勝之辭也。」此乃譏諷鄭莊公與共叔段無兄弟手足之情。

㊱不弟　不遵為弟之道。句法同不君、不臣。

㊲如二君　指莊公與叔段之間的爭戰如同兩個敵國國君之間的爭戰。

㊳失教　沒有盡到管教的責任。

㊴鄭志　有以下兩種解釋：一、指鄭伯有殺弟的意圖。二、譏諷鄭伯失教，是符合全鄭國人的意思。志，意志、意念、意圖。

㊵出奔　《春秋》書法為凡記某人出奔，即表示其人犯罪。

㊶難之　有以下兩種解釋：一、「困難」之意，即因莊公與段之間的關係複雜，難以下筆記敘共叔出奔共之事。二、「責難」之意，即責難莊公不應待弟如此殘酷。此兩說似以後說為佳。

㊷遂寘姜氏于城潁　鄭莊公就把姜氏軟禁在城潁。寘，同「置」，安置。這裡有軟禁的意思。城潁，鄭地名，在今河南省臨潁縣西北。

㊸潁考叔為潁谷封人　潁考叔，鄭賢大夫。潁谷，鄭國邊邑名，在今河南省登封縣西。封人，鎮守邊界

的官吏。

❹❹舍　即「捨」。放在一邊。

❹❺羹　有肉有湯的食物，這裡泛指肉食。

❹❻遺　音ㄨㄟˋ，同「饋」，贈給。

❹❼繄　句首語氣詞，猶「噫」字。

❹❽闕　通「掘」，挖掘。

❹❽隧　隧，動詞，挖成隧道。

❺⓪賦　賦詩，這裡指隨口吟作詩句。與《左傳》他處誦讀詩篇成句不同。

❺❶泄泄　音ㄧˋ，與「融融」意義相近，都是和樂自得的意思。

❺❷君子曰　《左傳》中直接對人或對事發表評論，則以「君子曰」表示之。

❺❸純　純正。

❺❹施　音ㄧˋ，移也，推也，猶言影響。

❺❺「孝子」二句　見《詩經．大雅．既醉》。孝子的孝心沒有窮盡，永遠恩賜同類。匱，竭盡。錫，賜予。類，輩，即同儕之人。

❺❻其是之謂乎　為「其謂是乎」的倒裝。其，表委婉的語氣詞。是，這個。之，代詞，複指「是」。此句之意為：大約是說這種情形吧！

問題討論與習作

一、本文中出現的主要人物，各具面目，栩栩如生，試說明作者塑造人物形象的種種手法。

二、閱讀本文之後，請以你的角度評論本文中任一位當事者的心理歷程與行為表現。

三、你與家人間是否也會產生衝突與不滿？你都會如何解決這樣的衝突？

第二課 刺客列傳（節選）

司馬遷

導讀

本篇為記敘文，節選自《史記．刺客列傳》，記述專諸及豫讓的事蹟，藉以說明刺客的理念與行為。

吳國公子光陰養謀臣，想待時機成熟自立為王，對專諸甚為禮遇。其後公子光宴請吳王僚，在酒宴之前，公子光曾對專諸磕頭表明：「光之身，子之身也。」使專諸無後顧之憂。專諸終不負公子光的重託，刺死吳王僚，而他自己也被吳王僚左右所殺。

豫讓感戴智伯的知遇之恩，不惜殘身破相行刺趙襄子為智伯報仇，無奈行跡屢次敗露，行刺未成。最後，豫讓懇求趙襄子脫下衣服，讓他在衣服上刺幾下，聊表其為智伯報仇之意，並言：「吾可以下報智伯矣。」隨即舉劍自殺而死。

《呂氏春秋．觀世》曰：「受人之義而不死其難，則不義。」在戰國時代，士受到知遇和尊重，就會產生相應的報恩理念，以此高揚士義，突出士的人格力量。換言之，激勵這些刺客英雄去行刺的力量，就是「士為知己者死」的大義。就〈刺客列傳〉的主旨而言，它所表現的是重義報恩，所彰顯的是義氣。卑微平凡的小人物，憑藉著對義的執著，對感情的忠誠，刺敵報主，其捨身取義的豪情壯舉，在在印記著當時的道德觀念。

司馬遷滿懷著崇仰與無限惋惜的心情，以靈活優美的筆法，生動地刻畫了刺客卑微卻不凡的形象，為他們留下了不朽的人格之美，並為之喝采：「自曹沫至荊軻五人，此其義或成或不成，然其立意較然，不欺其志，名垂後世，豈妄也哉！」。

作者

司馬遷，字子長，漢左馮翊夏陽人（今陝西韓城）。生於漢景帝中元五年（西元前一四五年），約卒於昭帝始元元年（西元前八十六年），年約六十。司馬遷生於史官世家，祖先自周代起就任王室太史，掌管文史星卜。司馬遷十歲起誦讀「古文」，而後隨父司馬談去長安，並從當時著名的經學大師孔安國、董仲舒學習《古文尚書》和《春秋》。二十歲時南遊江淮，開始了他的遊歷生活，足跡遍天下。元封元年，父司馬談卒，遺命勉其著書。二年後，司馬遷繼任父職爲太史令，著手整理圖書資料。元封四年，開始撰著《史記》。

武帝天漢二年，李陵率兵勘查匈奴地形，不幸被俘，司馬遷因替李陵辯護，觸怒武帝，被治罪下獄，處宮刑。太始元年出獄，被任命爲中書謁者令。從此，他埋首奮發著述，終於完成了「究天人之際，通古今之變，成一家之言」的鉅著——《史記》。

《史記》起自黃帝，下迄漢武，共記載二千五百餘年史事。《史記》的體例有五：「本紀」記敘帝王；「表」繫時事；「書」詳載制度；「世家」記述諸侯；「列傳」誌人物傳記，對後世史學編纂有重大的影響。

司馬遷擅長排比史料，用通俗流暢、生動活潑的文字表述事件的過程及人物形象，寓褒貶於敘事之中，字裡行間灌注了個人的感慨與體驗。《史記》不僅是優秀的史學著作，也是精彩的文學作品，誠如魯迅所言，它是「史家之絕唱，無韻之離騷」。

課文

專諸者，吳堂邑❶人也。伍子胥之亡楚而如吳也❷，知專諸之能。伍子胥既見吳王僚，說以伐楚之利。吳公子光曰：「彼伍員父兄皆死於楚，而員言伐楚，欲自爲報私讎也，非能爲吳。」吳王乃止。伍子胥知公子光之欲殺吳王僚，乃曰：「彼光將有內志❸，未可說以外事。」乃進專諸於公子光。

光之父曰吳王諸樊。諸樊弟三人：次曰餘祭、次曰夷眛、次曰季子札。諸樊知季子札賢而不立太子，以次❹傳三弟，欲卒致國于季子札。諸樊既死，傳餘祭。餘祭死，傳夷眛。夷眛死，當傳季子札，季子札逃不肯立，吳人乃立夷眛之子僚爲王。公子光曰：「使❺以兄弟次邪，季子當立；必以子乎，則光眞適嗣❻，當立。」故嘗陰養謀臣以求立。

光既得專諸，善客待之。九年而楚平王死。春，吳王僚欲因楚喪，使其二弟公子蓋餘、屬庸將兵圍楚之灊[7]；使延陵季子於晉[8]，以觀諸侯之變。楚發兵絕吳將蓋餘、屬庸路，吳兵不得還。於是公子光謂專諸曰：「此時不可失，不求何獲[9]！且光眞王嗣，當立，季子雖來，不吾廢也。」專諸曰：「王僚可殺也。母老子弱，而兩弟將兵伐楚，楚絕其後。方今吳外困於楚，而內空無骨鯁之臣[10]，是無如[11]我何。」公子光頓首曰：「光之身，子之身也[12]。」

四月丙子，光伏甲士於窟室中，而具酒請王僚。王僚使兵陳自宮至光之家[13]，門戶階陛左右，皆王僚之親戚也。夾立侍，皆持長鈹[14]。酒既酣，公子光詳[15]爲足疾，入窟室中，使專諸置匕首魚炙之腹中而進之。既至王前，專諸擘[16]魚，因以匕首刺王僚，王僚立死。左右亦殺專諸，王人擾亂。公子光出其伏甲[17]以攻王僚之徒，盡滅之，遂自立爲王，是爲闔閭。闔閭乃封專諸之子以爲上卿。其後七十餘年而晉有豫讓之事。

豫讓者，晉人也，故嘗事范氏及中行氏[18]，而無所知名。去而事智伯[19]，智伯甚尊寵之。及智伯伐趙襄子[20]，趙襄子與韓、魏合謀滅智伯，滅智伯之後而三分其地。趙襄子最怨智伯，漆其頭以爲飲器。豫讓遁逃山中，曰：「嗟乎！士爲知己者死，女爲説己者容[21]。今智伯知我，我必爲報讎而死，以報智伯，則吾魂魄不愧矣。」乃變名姓爲刑人[22]，入宮塗廁中[23]，挾匕首，欲以刺襄子。襄子如廁，心動[24]，執問塗廁之刑人，則豫讓，內持刀兵，曰：「欲爲智伯報仇！」左右欲誅之。襄子曰：「彼義人也，吾謹避之耳。且智伯亡無後，而其臣欲爲報仇，此天下之賢人也。」卒醳去之[25]。

居頃之，豫讓又漆身爲厲[26]，吞炭爲啞，使形狀不可知，行乞於市。其妻不識也。行見其友，其友識之，曰：「汝非豫讓邪？」曰：「我是也。」其友爲泣曰：「以子之才，委質[27]而臣事襄子，襄子必近幸[28]子。近幸子，乃爲所欲，顧不易邪[29]？何乃殘身苦形，欲以求報襄子，不亦難乎！」豫讓曰：「既已委質臣事人，而求殺之，是懷二心以事其君也。且吾所爲者極難耳！然所以爲此者，將以愧天下後世之爲人臣懷二心以事其君者也。[30]」

既去，頃之，襄子當出，豫讓伏於所當過之橋下。襄子至橋，馬驚，襄子曰：「此必是豫讓也。」使人問之，果豫讓也。於是襄子乃數[31]豫讓曰：「子不嘗事范、中行氏乎？智伯盡滅之，而子不爲報讎，而反委質臣於智伯。智伯亦已死矣，而子獨何以爲之報讎之深也？」豫讓曰：「臣事范、中行氏，范、中行氏皆眾人遇我，我故眾人報之[32]。至於智伯，國士遇我，我故國士報之。」襄子喟然嘆息而泣曰：「嗟乎豫子！子之爲智伯，名既成矣，而寡人赦子，亦已足矣。子其自爲計，寡人不復釋子！」使兵圍之。豫讓曰：「臣聞明主不掩人之美，而忠臣有死名之義。前君已寬赦臣，天下莫不稱君之賢。今日之事，臣固伏誅，然願請君之衣而擊之焉，以致報讎之意，則雖死不恨。非所敢望也，敢布腹心！」於是襄子大義之[33]，乃使使持衣與豫讓。豫讓拔劍三躍而擊之，曰：「吾可以下報智伯矣！」遂伏劍自殺。死之日，趙國志士聞之，皆爲涕泣。

注釋

❶ 堂邑　在今江蘇六合縣北。

❷ 伍子胥之亡楚而如吳也　伍子胥逃出楚國而往吳國

時。伍子胥，名員，楚人，為避父兄之禍，逃到吳國，任吳相，率兵破楚，後遭讒自殺。亡，逃也。如，往也。

❸內志　言公子光有篡弒吳王的意圖。

❹次　次序。

❺使　假使。

❻適嗣　嫡傳的後代。適，同嫡。嗣，子孫。

❼灊　音ㄑㄧㄢˊ，故城在今安徽霍山縣。

❽使延陵季子於晉　延陵，今江蘇武進縣。春秋時吳邑。季子受封於此，號延陵季子。

❾不求何獲　不尋求機會，如何能獲得王位（意欲趁此機會，奪取王位而請專諸刺殺吳王僚）。

❿骨鯁之臣　比喻敢言之臣，即耿直不阿的臣子。骨鯁，骨頭梗塞於喉間。

⓫如　柰也。

⓬光之身，子之身也　意謂我富貴，你亦富貴，如同一身也。

⓭王僚使兵陳，自宮至光之家　王僚派兵佈陣，自宮中至公子光之家一路防衛。陳通「陣」。

⓮鈹　音ㄆㄧ，兩刃刀。

⓯詳　假裝也。詳與「佯」通，

⓰擘　音ㄅㄛˋ，剖開。

⓱伏甲　伏兵。

⓲范氏及中行氏　都是晉國大夫。

⓳智伯　晉國大夫。

⓴趙襄子　晉大夫趙衰之後。

㉑士為知己者死，女為說己者容　士人為理解自己的人而犧牲；女子為喜歡自己的人而妝扮。知己者，指瞭解我之人，即知心之人。說與「悅」通。

㉒刑人　隸人，古以刑人充奴隸。

㉓入宮塗廁中　言豫讓潛入宮裡，在污穢的廁所中工作，以便趁機刺殺趙襄子。塗，污也。廁，污穢之處也。

㉔心動　心驚。

㉕卒醳去之　卒，終也。醳與「釋」通。

㉖漆身為厲　漆有毒，以漆塗身，皮即起瘡腫，使別人無法辨認他原來的形貌。厲，毒瘡。

㉗委質　委，託付。質，身體。

㉘近幸　得寵而親近。

㉙顧不易耶　顧，豈也。易，容易。

㉚ 然所以為此者，將以愧天下後世為人臣懷二心以事其君者也　我之所以這樣做，是要以我的行為，使天下後世為人臣而心懷二心以事奉其主的人感到慚愧。

㉛ 數　指責。

㉜ 范氏、中行氏皆衆人遇我，我故衆人報之　范氏、中行氏皆以普通人待我，並不特別重視我，所以我只用普通人的感情報答之。

㉝ 大義之　因其義行而感動。

問題討論與習作

一、「士為知己者死，女為說己者容」，對此你有何看法？

二、為結合閱讀與表達，請詳讀本文之後，將本文改編為劇本，並分組演出。藉由戲劇的形式，達到激發創作靈感與增進人文素養的目的。

第三課　志怪小說選

干寶、吳均

導讀

「志怪」一語最早出自《莊子．逍遙遊篇》：「齊諧者，志怪者也。」意思是說叫齊諧的人，喜歡記怪異之事。到了魏晉時期，一些記載鬼神靈怪的小說多以「志怪」為名，後來遂成為專稱。著名的志怪小說如：曹丕的《列異傳》、張華的《博物志》、干寶的《搜神記》、劉義慶的《幽明錄》等。魏晉志怪小說的繁興，可能與佛道思想的盛行及清談之風對傳說、異聞的需求有關。志怪小說的內容多為神仙鬼魂之類，篇幅多屬短製，但豐富的幻想、簡潔的語言，承繼先秦、兩漢的神話與傳說，下啟唐代的傳奇，為中國小說奠下發展的基礎。

(一)韓憑夫婦

本文選自《搜神記》卷十一，文中描述韓憑妻因貌美而為康王所奪，韓憑夫婦以死相殉，是一篇感人的愛情故事。

本文首段韓憑妻以十二字的隱語向丈夫表達相思之苦、相見之難與殉情之志，而韓憑也先一步自盡，兩人的深情令人動容。韓憑死後，妻子當著康王的面摔下高臺，宣誓著忠於愛情不為權勢所屈的勇氣。沒想到合葬的遺願卻因康王的阻擾，只能「冢相望」，不久奇蹟出現，兩人的墳長出大樹交錯合抱，樹上又有鴛鴦交頸，兩人以另一種形式緊緊相依。藉由幻想——化作相思樹與鴛鴦鳥，使韓憑夫婦生死不渝的愛情得到了昇華，另外也滿足了喜歡喜劇收場的民族性，這個愛情故事，也成為後人對愛的一種理想寄託。

(二) 陽羨書生

本文選自《續齊諧記》，為梁朝吳均所撰，然並非原創，東晉荀氏《靈鬼志》裡的〈道人幻術〉，有相近的描寫；而《譬喻經》和《觀佛三昧海經》兩部佛教經典也有類似的故事。在〈道人幻術〉裡，主角還是個「外國道人」，到了〈陽羨書生〉已變成了「中國書生」，從這種演變可以看出，當時中國如何接受印度佛教的觀念和想像力，並將其融入文藝創作中。文章採客觀順敘觀點，藉由許彥冷眼旁觀的角度，鋪述出包含書生在內四名男女貌合神離、背叛虛偽的情愛關係，許彥四度稱「善」，巧妙地傳達出作者的不滿與嘲弄。全篇情節波瀾起伏，寓意深刻，乃志怪小說中的佳作。

作者

干寶，字令升，東晉人（生卒年不詳），晉元帝時召爲著作郎，領修國史，有《晉紀》二十卷，時稱良史。性好陰陽術數，相信鬼神，撰記古今神怪靈異之事，名爲《搜神記》。此書的撰寫動機主要在證明鬼神事蹟存在，因此都以記載事實的筆調描述奇異事件，書中保存下不少優秀的神話傳說與民間故事，是在諸多魏晉的志怪小說中，頗具代表性的一本。

吳均（西元四六九～五二〇），字叔庠，吳興故鄣（今浙江安吉縣）人。生於南朝宋明帝泰始五年，卒於梁武帝普通元年，享年五十二歲。

吳均家世寒賤，爲人好學有才華，善於寫文章。梁天監初年，曾任吳興主簿，並兼建安王偉之記室，掌文書翰林之事。曾經上表要求撰寫《齊春秋》，後因事被免職。不久又被召見，撰寫《通史》，但〈本紀〉只有草稿，只完成〈世家〉，〈列傳〉尚未完成就去世。

《梁史》本傳云：「文體清拔有古氣，好事者效之，號爲『吳均體』。」著作有《廟記》十卷、《續文釋》五卷、文集二十卷等。《續齊諧記》爲續東陽無疑《齊諧記》而作。

課文

◎韓憑夫婦（干寶）

宋康王[1]舍人[2]韓憑，娶妻何氏，美，康王奪之。憑怨，王囚之，論爲城旦[3]。妻密遺憑書，繆[4]其辭曰：「其雨淫淫[5]，河大水深，日出當心[6]。」既而王得其書，以示左右，左右莫解其意。臣蘇賀對曰：「其雨淫淫，言愁且思也；河大水深，不得往來也；日出當心，心有死志也。」俄而憑乃自殺。

其妻乃陰腐其衣[7]。王與之登臺，妻遂自投臺下，左右攬之，衣不中手[8]而死。遺書於帶曰：「王利其生，妾利其死[9]。願以屍骨，賜憑合葬！」王怒，弗聽。使里人[10]埋之，冢相望[11]也。王曰：「爾夫婦相愛不已，若能使冢合，則吾弗阻也。」宿昔之間，便有大梓木[12]，生於二冢之端，旬日而大盈抱，屈體相就[13]，根交於下，枝錯於上。又有鴛鴦，雌雄各一，恆栖樹上，晨夕不去。交頸悲鳴，音聲感人。宋人哀之，遂號其木曰「相思樹」。相思之名，起于此也。南人謂此禽即韓憑夫婦之精魂。今睢陽[14]有韓憑城。其歌謠至今猶存。

◎陽羨書生　（吳均）

陽羨[15]許彥，於綏安[16]山行。遇一書生，年十七八，臥路側，云腳痛，求寄鵝籠中。彥以爲戲言。書生便入籠。籠亦不更廣，書生亦不更小，宛然[17]與雙鵝並坐，鵝亦不驚。彥負籠而去，都不覺重。

前行，息樹下，書生乃出籠，謂彥曰：「欲爲君薄設[18]。」彥曰：

「善。」乃口中吐出一銅奩子[19]，奩子中具諸餚饌[20]，海陸珍羞[21]方丈。其器皿皆銅物。氣味香旨，世所罕見。酒數行，謂彥曰：「向[22]將一婦人自隨，今欲暫邀之。」彥曰：「善。」又於口中吐一女子，年可十五六，衣服綺麗，容貌殊絕。共坐宴。

俄而[23]書生醉臥。此女謂彥曰：「雖與書生結好，而實懷外心。向亦竊得一男子同行，書生既眠，暫喚之，君幸勿言。」彥曰：「善。」女子於口中吐出一男子，年可二十三四，亦穎悟可愛，乃與彥敘寒溫[24]。書生臥欲覺，女子口吐一錦行障[25]遮書生。書生乃留女子共臥。

男子謂彥曰：「此女雖有情，心亦不甚盡，向復竊得一女人同行，今欲暫見之，願君勿洩。」彥曰：「善。」男子又於口中吐一婦人，年可二十許。共讌酌[26]戲談甚久。聞書生動聲，男子曰：「二人眠已覺。」因取所吐女人，還納口中。

須臾[27]書生處女乃出，謂彥曰：「書生欲起。」乃吞向男子，獨對彥坐。然後書生起，謂彥曰：「暫眠遂久，君獨坐，當悒悒[28]邪？日又晚，當與君別。」遂吞其女子，諸器皿，悉納口中。留大銅盤，可二尺廣，與彥別曰：「無以藉㉙君，與君相憶也。」

彥太元㉚中爲蘭臺令史㉛，以盤餉侍中㉜張散，散看其銘題，云是永平㉝三年作。

注釋

❶宋康王　戰國時宋國國君。

❷舍人　官名，王公大臣的門客。

❸論為城旦　論，定罪。城旦，一種白天禦敵，晚上築城的苦刑。

❹繆　音ㄌㄧㄠˊ，同「繚」，曲折其意，不明說。

❺淫淫　久雨不停，此指思念深長。

❻日出當心　白日將證明我心。

❼陰腐其衣　暗中腐壞自己的衣服。

❽衣不中手　中，音ㄓㄨㄥˋ。衣服經不起手拉。

❾王利其生妾利其死　君王要我活著，我卻選擇死去。

❿里人　同鄉里之人。

⓫冢相望　冢，音ㄓㄨㄥˇ。使兩人墳墓相對。

⓬梓木　木名，落葉樹，古常用作建築木料。

⓭就　靠近。

⓮睢陽　宋的國都，在今河南商丘。

⓯陽羨　漢魏六朝縣名，故城在今江蘇省宜興縣南。

⓰綏安　南朝縣名，故城在今江蘇省宜興縣西南八十里。

⓱宛然　彷彿，好像。

⓲薄設　請人吃飯，謙稱只有粗茶淡飯。薄者，味淡也。

⑲銅奩子　奩，音ㄌㄧㄢˊ。銅製的盛物之器具。
⑳餚饌　各種食物。
㉑珍羞　珍品美味。
㉒向　之前，早先。
㉓俄而　一會兒。
㉔敘寒溫　閒話家常，即沒有嚴肅主題，只是閒聊而已。
㉕錦行障　錦作的屏風。錦，有花紋的紡織品，色彩鮮艷美麗。
㉖讌酌　吃喝。
㉗須臾　一會兒。
㉘悒悒　悶悶不樂。
㉙藉　慰勞。
㉚太元　晉武帝年號，西元三七六年至三九六年。
㉛蘭臺令史　官名，東漢設置，主持整理圖書及掌理書奏的長官。
㉜侍中　官名，春秋始置，為丞相屬官。兩漢沿用。因侍從皇帝左右，出入宮廷，應對顧問，地位漸形貴重，至南宋廢。
㉝永平　東漢明帝年號，三年是西元六〇年。

問題討論與習作

一、韓憑夫婦的故事最後以兩人殉情作結，你是否可以為本文改寫新的結局，使兩人有機會「有情人終成眷屬」？

二、「誠信」是人與人相處最基本的道德標準，請以此檢視〈三王墓〉中各個角色，並說明其間的關連性？

三、請你分析〈陽羨書生〉一文中悖於邏輯的荒誕情節，是否有何寓意？

第四課　世說新語選——許允婦

劉義慶

導讀

本篇收錄三則故事。

第一則故事寫許允婦（阮氏）誠實面對自己的缺點，適時展現自己的優點，不卑不亢，讓許允心服口服。

第二則故事寫阮氏知己知彼，化危機為轉機，幫助丈夫全身而退。

第三則故事寫阮氏看透政途險惡，預知危機，早為最壞的打算作最好的準備，終能保全孩子，化險為夷。

人縱有再高的智慧，仍難逃命運的擺弄。阮氏雖然成功地幫助許允在被魏明帝收押之後，尚能全身而退，甚至詔賜新衣，卻不因此沾沾自喜。她深知今日的無罪釋放乃因適逢明主，而無故收押已顯示出政壇上欲加之罪何患無詞，許允終遭毒手唯遲早之事。

阮氏但願諸兒愚且魯，因此諸兒自小即刻意不予涉知政事，甚至不期諸兒多才多能，皆為劇變這一天，諸兒尚能無災無難自保身命，否則父親從政多年才德兼備，母親知書達禮洞悉人心，何以諸兒才具不多？甚至諸兒向鍾會主動問朝事，竟能坦率地暴露對政治的無知。此皆因阮氏深知自己無法阻止丈夫一步步走向悲劇，但面對諸兒恐遭牽連早已防備，最後至少保全了諸兒，展現一個母親最高的智慧和偉大。

上天誠然不斷地陷人於險境，卻無法剝奪人面對困難、解決問題的堅強毅力，許允婦只是古代一個不知名的女子，甚至貌似無鹽，在毫無優勢之下，尚能掌握命運，不被命運所打敗，真一古之奇女也。

作者

劉義慶（西元403～444年），生於晉安帝元興二年，卒於宋文帝元嘉二十一年。劉義慶本爲劉裕（南朝宋武帝）弟劉道憐次子，後因叔父劉道規無子，乃過繼爲嗣，襲封爲臨川王。《宋書》評劉義慶：「性簡素，寡嗜慾，愛好文義，才詞雖不多，然足爲宗室之表……招聚文學之士，近遠必至。」志人小說《世說新語》爲其召集門下之士集體編纂而成，另有志怪小說《幽明錄》。

《世說新語》簡稱《世說》，記載漢代至東晉時期士族之軼事與言談。共分「德行」、「言語」、「政事」、「文學」等三十六門，每門收若干則，約計有一千多則小品。本書能具體反映當時士人所處的時代狀況與生活面貌。書中的人物事蹟、歷史典故常爲世人所引用；語言、修辭、文評亦深具文學價值。

課文

(一)

許允❶婦是阮衛尉❷女，德如❸妹，奇醜。交禮❹竟❺，允無復入理，家人深以爲憂。會[6]允有客至，婦令婢視之，還答曰：「是桓郎。」桓郎者，桓範[7]也。婦云：「無憂，桓必勸入。」桓果語許云：「阮家既嫁醜女與卿，故當有意，卿宜察之。」許便回入內。既見婦，即欲出。婦料其此出，無復入理，便捉裾[8]停之。許因謂曰：「婦有四德[9]，卿有其幾？」婦曰：「新婦所乏唯容爾。然士有百行[10]，君有幾？」許云：「皆備。」婦曰：「夫百行以德爲首，君好色不好德，何謂皆備？」允有慚色，遂相敬重。

(二)

許允爲吏部郎，多用其鄉里，魏明帝[11]遣虎賁[12]收之。其婦出誡允曰：「明主可以理奪[13]，難以情求。」既至，帝覈問之。允對曰：「『舉爾所知[14]。』臣之鄉人，臣所知也。陛下檢校爲稱職與不？若不稱職，臣受其罪。」既檢校，皆官得其人，於是乃釋。允衣服敗壞，詔賜新衣。初，允被收，舉家號哭。阮新婦[15]自若云：「勿憂，尋還。」作粟粥待，頃之允至。

㈢

許允爲晉景王⑯所誅，門生走入告其婦。婦正在機中，神色不變，曰：「蚤⑰知爾耳！」門人欲藏其兒，婦曰：「無豫⑱諸兒事。」後徙居墓所⑲，景王遣鍾會⑳看之，若才流及父，當收。兒以咨母。母曰：「汝等雖佳，才具不多，率胸懷與語，便無所憂。不需極哀，會止便止。又可少㉑問朝事。」兒從之。會反以狀對，卒免。

注釋

❶許允　允字士宗，世冠族。明帝時為尚書選曹郎。

❷阮衛尉　阮共，字伯彥，魏尉氏（縣名，今屬河南省）人。清真守禮，官至河內太守。

❸德如　阮侃，字德如。阮共的少子，有俊才，與嵇康為友，官至河內太守。

❹交禮　即交拜之禮。

❺竟　完畢，結束。

❻會　因緣際會，剛好。

❼桓範　字允明，魏沛郡（今安徽省宿縣西北）人，官至大司農。

❽裾　爾雅釋器：「衱謂之裾。」郭璞注：「衣後襟也。」

❾婦有四德　古代婦女應具備的四種德性，指婦德、婦言、婦容、婦功。

❿士有百行　語見《詩經．衛風．氓》鄭箋。

⓫魏明帝　名曹叡，字符仲，是曹魏的第二位皇帝，

在位十三年，享年三十六歲。

⑫虎賁　中國古代的武官名稱，主要掌管君王貼身的禁衛宿兵。唐朝之後廢除。

⑬奪　奪取，改變。

⑭舉爾所知　《論語．子路篇》：「仲弓為季氏宰，問政。子曰：『先有司，赦小過，舉賢才。』曰：『焉知賢才而舉之。』曰：『舉爾所知。爾所不知，人其舍諸。』」

⑮阮新婦　即許允的妻子。姓阮，漢魏時婦人以「新婦」自稱。

⑯晉景王　即司馬師，字景元，司馬懿長子。以撫軍大將軍輔政，諡曰景王。

⑰蚤　通「早」。

⑱豫　通「與」。干係，關係。

⑲「墓所」　古代要守父喪三年，必須在墳墓外搭個草廬守喪。

⑳鍾會　字士季，三國後期曹魏名將，跟隨大將軍司馬師討伐叛亂時，擔任密事一職。與鄧艾統兵伐蜀，平蜀後，鍾會欲據蜀自立，卻死於兵亂之中，當時鍾會才四十歲。

㉑少　稍微、略微。

問題討論與習作

一、許允婦的「醜」在整個故事中具有何種作用？而人的外貌美醜，除了長相之外，是否還包含其他要素？當生活中發生「以貌取人」的情形，該如何突破先天的局限，面對如此不平等的對待？

二、許允婦突破哪些傳統對女性的束縛，機智地將危機化為轉機？你認為對於愛情與婚姻，女性應該主動爭取嗎？你將會如何經營你的愛情與婚姻？

三、許允婦教兒子如何應對朝廷特使？她為什麼要如此做？如果是你，會如何去面對與解決？

詩　歌

詩歌概說

詩歌是一種必需押韻的文體，早在文字出現之前，它便以歌謠的形式在先民的生活中口耳傳唱。中國的詩歌從最早的《詩經》至現在的新詩，已近三千年，是中國各種文學體裁中歷史最悠久者。

自古中國文學可簡單區分為「詩」與「文」二者；詩是押韻且具特殊形式（四言、五言、七言或長短句）的文字，包含詩、詞、曲等。詩與文（駢、散）的差異在於：文長於說理與敘事，其範圍較寬廣；詩長於言志與抒情，其意味較深長❶。

一、詩歌之特質

㈠具有強烈的抒情性

詩歌的本質是「抒情」，以感情的傳達為正宗。和其他文學體裁相較，詩歌的情感色彩最為濃烈，是一種生命的直接呈現、直接感受；它不僅以抒情的方式來反映生活、表達作者的思想感情，且以抒情的方式感動讀者。我們欣賞詩歌最主要的目的，不是為了增長知識、擴充見聞，或得到某些明確的概念，而是為了追求心靈上的感動，或讓自己的情緒得以抒發。

〈毛詩序〉云：「詩者，志之所之也，在心為志，發言為詩。情動於中而形於言，言之不足故嗟嘆之，嗟嘆之不足故永歌之，永歌之不足，不知手之舞之，足之蹈之也。」從〈詩大序〉以來，詩就以抒情為其基調，宋嚴羽《滄浪詩話》中亦云：「詩者，吟詠性情者也。」❷故唯有強烈真摯的感情灌注在詩歌中，才能使詩歌真切感人。古今中外的詩歌佳作，都是因為充滿作者自身的真感情，才能引發讀者共鳴，感動人心，所以葉嘉瑩教授在《迦陵說詩》一書中才會特別強調：「中國詩歌中最重要的質素，就是那份興發感動的力量。」而評定詩的好壞，「第一要看有無感發的生命，第二要看能否適當地傳達」❸，使讀者也受到感動。

㈡有特殊的形式，且必需押韻

詩歌是吟誦和歌唱的文學，為了表現不同的聲情，古代的詩歌皆需押韻，且有四言、五言、七言或長短句等不同的形式。但同韻而聲調不同的韻腳，或句中各字之平仄有異，聲情之效果也不同，所以從唐代的近體詩以後，詩歌對押韻或字句的「平聲」、「仄聲」，要求便日趨嚴格。為了方便創作，近體詩、詞、曲皆有其押韻、平仄、體制方面的限制。

㈢是一種最精鍊、濃縮，且最具有語言美感的文學體裁

詩歌受到句數、字數等形式結構的限制，比其他文學體裁更重視文字的精鍊、濃縮，故在有限的篇幅內，鍛字鍊句使意象精確表達，對詩歌格外重要。也因為它注重修辭、要求文字精鍊、濃縮，所以它比其他文學體裁更重視語言的美感。

二、詩歌的表現方式

㈠透過結構的跳躍性，達到精鍊、濃縮、去蕪存菁的目的

詩歌受形式的限制，文字須精鍊、濃縮，所以在內容取材與主題的表達上，是採用「點」的方

式、跳躍性的結構來書寫，而非「面」的方式進行邏輯思維；亦即選擇最動人的一個點或幾個點來呈現。在節與節、行與行，甚至一行之內跳躍；也可以在文法上、時間上、空間上或時空同時跳躍。如：張繼的〈楓橋夜泊〉一詩的次句：「江楓漁火對愁眠」，即為文法上的跳躍，乍看為「江楓和漁火這二物相對憂愁不能眠」，應為「江楓和漁火對著因憂愁而不能入眠的我」。又如：周邦彥〈少年遊〉的前六句：「并刀如水，吳鹽勝雪，纖手破新橙。錦幄初溫，獸香不斷，相對坐調笙。」前三句言女方的纖纖玉手在剝香橙，後三句就跳到男女二人面對面坐著吹笙。此種書寫方式是時間上的跳躍。

詩歌常省略一些過程的交代，把過去和現在、開頭和結尾、原因和後果、現象和本質等直接聯繫在一起，跳躍頻率之快、幅度之大，在其他文體中少見，但在詩歌中卻經常可見。

㈡透過賦、比、興的書寫手法，來傳遞作者內心興發感動的力量

賦、比、興是中國古代詩歌的基本寫作手法，也是中國古代詩歌作者最常用來傳遞內心興發感動力量的方式。

「賦」的寫法是「平鋪直敘，直陳其事」，把欲說之事直接鋪寫出來，不必借用外在的物象來起興或比喻，它包括景觀、物象、事態、情節、現象的鋪寫，以及人物形象、性格、行為、心理、情感的鋪寫，彼此可交錯運用。如：樂府詩〈東門行〉：「出東門，不顧歸；來入門，悵欲悲，……吾去為遲！白髮時下難久居。」是針對東漢時期民不聊生，百姓紛紛鋌而走險的現象，及詩中男女主角的行為、心理加以鋪寫。

又如柳永〈雨霖鈴〉一詞，將離別的時間、地點、心情、場景，及男女依依不捨的情態作一描述，包括了景觀、物象、情節、人物行為、心理的鋪寫。

「比」即「藉此喻彼」，借用外在物象來作比喻，讓被比喻的主體更生動具體，像形貌、心思、聲音、事物就常成為被比喻的對象，但比喻與被比喻者之間，必需有相似的特點，才能靠此特點來說明本體。如：李白的〈宣州謝朓樓餞別校書叔雲〉一詩，就用「抽刀斷水水更流」來比喻「舉杯銷愁愁更愁」的愁緒，更具體而貼切地呈現出憂愁斬之不斷、揮之不去的情景。又如蘇軾〈和子由澠池懷舊〉詩：「人生到處知何似，恰似飛鴻踏雪泥」，用「雪泥鴻爪」來說明人生形跡的虛幻無定，亦屬比喻的用法。適當選用具體事物或概念，來比喻某些想表達之事理，會令人印象更深刻而鮮明。

至於「興」，就是「見物起興」，由外在景物引起人內心的興發感動，此物象與人心的作用，是由物及於心的。如《詩經》中的〈關雎〉：「關關雎鳩，在河之洲，窈窕淑女，君子好逑。」乃是聽到關關的鳥鳴聲，又看到沙洲中一對水鳥歡喜和樂；這樣一對美好的伴侶，讓作者聯想到自己也該有一位美好的伴侶，於是寫出了「窈窕淑女，君子好逑」的詩句，這種由外物引出內心的情思，就是所謂「興」的寫法。

又如王昌齡〈閨怨〉一詩的「忽見陌頭楊柳色，悔教夫婿覓封侯」二句，就是少婦見楊柳青青、春光明媚，引發內心的孤獨感，此亦「興」的寫法。

總之，在中國詩歌中，賦、比、興三者常交錯運用；在同一首詩歌中，也常交互出現。若提起中國詩歌最常見的寫作手法為何？大概非賦、比、興莫屬了。

㈢透過特殊的平仄、韻律格式來營造情致及聲情之美

詩歌既是吟誦和歌唱的文學，它必需藉著押韻、平仄或形式，來表現情感的轉折或聲情之美。在形式上，詩歌的四言、五言、七言在聽覺效果上各具特色；四言典重有餘，卻缺少迴旋轉折的餘

地；五言有質樸、高古、雅正之長；七言在五言之首多加二字，更能縱橫變化，有抑揚頓挫之美。在聲調上，平、上、去、入四聲，平聲和悅安詳、上聲上揚高亢、去聲清越宛轉、入聲短促堅強。而不同韻部的韻腳，其情感的轉折及聲情效果亦不同；當詩歌轉韻時，其情致亦產生變化。古人要對詩歌的形式、平仄、押韻加以限制，即著眼於如此才能在吟誦或歌唱時，將內心的興發感動透過迭宕頓挫的聲情充分展現。

三、詩歌的演變❹

㈠《詩經》

中國第一部形諸文字的詩歌總集是《詩經》，其基本架構為四言體。它的編輯最早是由周王室派官員到民間採集流行的歌謠，加上部分士大夫作品及祭神拜祖的宗廟樂歌編輯而成的；它內容可區分為「風」、「雅」、「頌」三部分，而「賦」、「比」、「興」則是它主要的表現手法，六者合稱為詩的「六義」。

在《詩經》中雖雜用二至八字句，但絕大多數句子為四言，是四言古詩的代表。由於《詩經》涵蓋的時期從西周初年到春秋中期，我們可以說這五六百年間，是四言詩的盛行期。

㈡古體詩與近體詩

西漢初年許多無名作家的詩歌，正在民間廣泛傳唱。漢武帝時，特別在掌管雅樂的太樂官署之外，另成立樂府官署，來蒐集這些民歌入樂，凡被朝廷蒐集入樂的民歌，便稱為「樂府詩」（或簡稱「樂府」）。

樂府詩正式進入廟堂傳唱後，文人便開始模仿此類詩歌，故以出現的時間先後而言，樂府詩產生在前，古詩產生在後。最初的五言古詩，很可能是受樂府中五言句子的直接影響；而稍後的樂府詩也可能經過文人的潤飾，變成整齊的五言詩；只是樂府詩是在民間傳唱，可以合樂歌唱，五言古詩是出自文人之手，不能合樂；所以古體詩實包括「樂府詩」及「古詩」兩者。

樂府詩始於西漢，兩漢、魏晉南北朝都是其興盛的時期，此段期間，眾人紛紛從事樂府詩的創作，使「樂府詩」逐漸取代《詩經》和《楚辭》的兩種體式，成為當時詩人廣泛運用的詩體。到了隋唐，由於樂譜散失，剩下曲牌，和音樂逐漸脫節，樂府詩便日趨式微；當時的文人為擺脫舊曲的約束，另立新題，從事創作，名曰「新樂府」。

至於五言古詩，如前所敘，它是由樂府詩逐漸形成的五言體式。西漢是它的醞釀期，至東漢其體式始具，班固的〈詠史詩〉是最早的一首完整的五言古詩；東漢末年出現的《古詩十九首》，就是當時五言詩的代表作，象徵五言詩的發展已臻成熟。

就詩歌的發展來說，七言古詩的成立和成熟都較五言詩晚，一般人認為，七言詩是由《楚辭》的形式轉變而來，所以早期的七言詩內容中仍常保留《楚辭》中慣用的「兮」字，但東漢張衡的〈四愁詩〉，除了第一句「我所思兮在太山」有「兮」字外，已通篇七言且不帶兮字；曹丕的兩首〈燕歌行〉算是最早成立的七言古詩。

七言古詩雖在漢魏之世出現，但因統治階級重五言而輕七言，因此其成就遠不如五言，文人只是偶一為之，直到劉宋時鮑照的〈行路難〉十八首，全力經營，七言古詩才漸漸盛行，作者迭出。

唐代的「近體詩」，是相對於漢魏六朝時的「古體詩」而言，它是唐人在古詩的基礎上發展出來的。中國的詩歌從古體詩演變至近體詩，魏晉南北朝是轉變時期。此一時期是我國文學史上唯美主義的全盛時代，對創作的藝術技巧日益重視，要求也更趨嚴格，於是產生聲律與對偶之說。尤其六朝以後，古詩的轉變更明顯，如：郭璞的〈遊仙詩〉、謝靈運的山水詩及謝朓、鮑照、沈約、庾信等人之作品，措詞更趨華美，格律更為整齊，逐漸走向巧麗精工的途徑，為唐代近體詩奠定了基礎。到了唐初，經上官儀、沈、宋、四傑之努力，近體詩才更趨完美而正式成立。現在一般人所謂的唐詩，指的就是這種唐代才出現，體制比古體詩更嚴格的「近體詩」。

㈢詞

詞為配合音樂的歌詞，先有曲調，然後按調填詞，故最初被稱為「曲子詞」。詞在興起之初，並未被視為與詩地位平等的新體裁，只被當成詩的附庸，經過五代及宋朝諸家大量製作，終於大放異彩，繼承唐詩的文學地位，成為五代、兩宋的代表文學。

至於詞能夠興起之原因，在於詩到了盛唐已發展到極致，後世詩人無法在固有的形式上勝過前代；且在隋唐時期，大量的外國音樂輸入，使固有的樂曲起了變化，舊的詩歌體裁已無法配合新興而比較繁複的音樂。就在詩歌本身求新求變和新興音樂的刺激下，一種新的詩歌形式——詞，便在民間誕生了。

目前比較可信且最早的詞，是《敦煌曲子詞》中的一些盛唐作品。這種最初流行於民間的詞體，至中唐才有一些注意民間文學的詩人，如：張志和、韋應物、白居易、劉禹錫等人開始仿作。中唐詩人試作的詞，只粗具詞的雛形，仍很接近詩；到了晚唐，詞人越來越多，其中最有名的就是溫庭筠。他是文學史上第一個被稱為詞人的作家，他把過去「詩人之詞」一變而為「詞人之詞」，真正確立詞的地位。

唐末五代，詞擁有更大的發展空間，當時詞最興盛的地區有西蜀及南唐兩地。但從晚唐迄宋初，詞人所寫大都是小令，長調並不風行，促成長調在北宋詞壇流行的是柳永。因為他擅寫長調，作品又流傳甚廣，長調因此而盛行。

詞至北宋，進一步從細流蔚為大川，終成為宋代文學的代表。雖然宋代的詩、詞成就皆不容小覷，宋詩與唐詩可並稱為我國詩壇的兩大奇葩，但詩在唐代已發展至極致，宋人踵繼其後，即使另闢蹊徑，開啟以文為詩的風格，卻難以再超越唐人的成就；真正能成為有宋一代的代表文學，則非宋詞莫屬。

詞的發展到姜夔時已臻極致，由於過度講究格律，逐漸產生流弊。太過嚴格的音律限制，對詞人造成束縛；太偏重字句的精鍊工整及好用典故，而忽視了詞的內容及真實情感，讓宋詞逐漸由消沉而沒落了。

㈣散曲

北宋末年以後，外族音樂隨著遼、金、蒙古的入侵，而大量傳入中國。這些外族音樂腔調、歌詞嘈雜急促，與中原音樂迴異，所用樂器也與中國傳統樂器不同，舊有的詞調已不能與之配合，為了適應這種改變，只好別造新聲。「諸宮調」就是在金代初年，北方的民間曲調結合中原音樂所產生的新音樂形式。

散曲的產生和「諸宮調」的關係至為密切。諸宮調是合數調以詠一事，用詞較繁，漸與元曲相近；且諸宮調所採用的詞調，大都加上襯字，這是曲喜用襯字的來源；另外諸宮調用韻四聲通押，也直接影響到曲的用韻，所以曲正式出現於中國，應在金末元初。到了元代，由於關漢卿、馬致遠、白樸、王實甫等名家輩出，才步入全盛時期。

詞與曲皆是當代民間流行的歌曲。至於「曲」興盛的原因，除了詞體的式微外，與文人落魄，無法晉身朝列也大有關係。像關漢卿、馬致遠、白樸、王實甫等名家，多為流落民間的文人，他們靠作曲編劇維生，託憤懣於聲歌。

另外，君主的愛好，也是造成「曲」興盛的原因，因為「上有所好，下必甚焉」。曲若依地域，可分為「南曲」與「北曲」，蒙古入主中原，無法欣賞南方音樂，南曲便漸漸衰微，讓元代成為北曲盛行的時代；現今所謂的元曲，實指「北曲」，南、北曲的興衰，實與君主的喜好息息相關。

綜合以上所述可知，宋、金之際是散曲的萌芽、發生期。金末散曲的形式已臻成熟，元代則是散曲的全盛期。

(五)現代詩（新詩）

中國傳統的詩歌都以押韻為基本要義，無韻不成詩歌。不過格律傳習已久，逐漸僵滯，清末梁啟超、黃遵憲等人已有改革詩體的先聲。後來受西方文化的影響，一九一七年的「五四運動」，將西方的詩歌、散文、小說、戲劇的創作理念引進中國，並主張白話文學，致使中國傳統文學受到嚴重衝擊。

這波新文學運動，真正發展出具體言論，付諸實際行動者，當推胡適。他在一九一七年發表的〈文學改良芻議〉一文中提倡新詩創作，並主張廢除中國傳統詩歌的五、七言束縛，及押韻、平仄、用典、對偶等形式上的限制。一九一九年他打破中國舊有詩歌的形式、格律、語彙，出版了中國第一本白話詩集《嘗試集》。

由於胡適的開創理論及嘗試創作，新詩風氣因而大開，當時許多詩人遂從舊詩格律投向新詩的陣營。其後的徐志摩、戴望舒、李金髮等人，都是中國早期從事新詩創作的代表人物。

四、結語

中國詩歌從最早的《詩經》發展到現在的新詩，期間形式、體裁或內容的變化多端，足見不同的時代，有不同的詩歌，如此才能準確表達當代人的思想感情。尤其中國詩歌一向偏重在抒情功能，當舊有的詩歌不足以表達此段時期人們的心聲時，詩歌必會重新經營、醞釀。詩、詞、曲乃至現代詩的產生，都是人心求新、求變的結果，也反映了文學或詩歌最重要的本質——它是一種生命的直接呈現，且與時代同聲同息；唯有能將當代人內心的興發感動真實傳遞出來的詩歌，才能真正屬於那個時代。

注釋

❶ 以上說法參見廖美玉，〈古典詩的主題與技巧〉，《國文天地》18卷9期，民國92年2月號，頁17。

❷ 《歷代詩話》，嚴羽《滄浪詩話》部分（臺北：漢京文化事業公司，民國72年），頁688。

❸ 葉嘉瑩撰《迦陵說詩講稿》，〈從中西詩論的結合談中國古典詩歌的評賞〉部分（桂冠圖書股份有限公司，民國89年6月），頁2與頁7。

❹ 《楚辭》是繼《詩經》後，在南方楚國興起的一種詩歌。它雖屬詩歌，卻又似文，可說是一種半詩半文之文體，是後世辭賦體之濫觴。本教材將《楚辭》從詩歌之領域獨立出來，歸為辭賦類。

第一課 詩經選

佚名

關雎

導讀

〈關雎〉一詩選自《詩經．周南》，是《詩經》開宗明義的第一篇。歷來多將之視為「美后妃之德」的讚美詩，近人則認為這是一首民間戀歌，應以此說為是。

首章四句，因物起興，先就眼前所見的雎鳩鳥入筆，藉著水鳥「關關」的相互唱和聲，引發男子無限的情思：「窈窕淑女，君子好逑」，具有美德、美貌的女子，是自己理想的對象。次章八句，道出男子追求未果的愛慕之心與相思之苦。「參差荇菜，左右流之」，暗示著男子追求淑女不成，就如同水中難以採摘的荇菜。「窈窕淑女，寤寐求之」，男子為愛憂愁，日夜思念著她，因而「輾轉反側，寤寐思服」。第三章八句，描寫男子用彈琴鼓瑟的方式去親近淑女，終於得以和淑女結為幸福的伴侶。全詩細膩地描述一位男子對所鍾情之女子的憂思苦悶，以及「發乎情，止乎禮」的敬慎至誠，傳達了千古以來人們心中對愛情之渴望與珍視。《論語．八佾篇》謂：「〈關雎〉樂而不淫，哀而不傷。」確是中肯之論。

作者

《詩經》是中國最早的一本詩歌總集，記錄了從西周初年至春秋中葉，五六百年間的詩歌，共三一一篇，其中六篇有目無辭，實有三〇五篇，通常取其整數，稱爲「詩三百」或「三百篇」。《詩經》依體裁來分，可分爲風、雅、頌。「風」，指民間歌謠，是發自民間的聲音，共有十五國風。「雅」，是諸侯朝會或宴飲時演唱的樂歌，屬於貴族階層之作，又有大雅、小雅之分。「頌」是宗廟祭祀的樂歌，極爲莊嚴肅穆，共有周、魯、商三頌。風、雅、頌中，文學價值最高的要屬「國風」，此處所選的〈關雎〉即屬於「國風」裡的「周南」，作者已佚。

課文

關關雎鳩❶，在河之洲❷。窈窕❸淑女，君子好逑❹。
參差荇菜❺，左右流❻之。窈窕淑女，寤寐❽求之。
求之不得，寤寐思服❽。悠哉悠哉❾，輾轉反側❿。
參差荇菜，左右采之。窈窕淑女，琴瑟友⓫之。
參差荇菜，左右芼⓬之。窈窕淑女，鐘鼓⓭樂之。

注釋

❶ 關關雎鳩　關關，水鳥的鳴叫聲，猶言「呱呱」。雎鳩，水鳥。

❷ 在河之洲　河，指黃河。洲，沙洲。

❸ 窈窕　音ㄧㄠˇ　ㄊㄧㄠˇ。幽靜美好的樣子。

❹ 好逑　好逑，音ㄏㄠˇ　ㄑㄧㄡˊ。理想的配偶。

❺ 荇菜　水中植物，根生水底，紫赤色，葉浮水面，葉之直徑約一寸多，可食，故曰菜。荇，音ㄒㄧㄥˋ。

❻ 流　求。

❼ 寤寐　從白天到夜晚。寤，醒；寐，睡。

❽ 思服　思，語助詞。服，思念。

❾ 悠哉　悠，深長貌，形容思念之深長。

❿ 輾轉反側　因心事而翻來覆去，無法成眠。

⓫ 友　親愛。

⓬ 芼　音ㄇㄠˋ，擇取。

⓭ 鐘鼓　古代兩種打擊樂器，用於隆重的場合。

問題討論與習作

一、〈關雎〉作為《詩經》的開篇之作，其故安在？

二、《論語・為政篇》謂：「詩三百，一言以蔽之，曰：思無邪。」請以〈關雎〉為例說明之。

靜女

導讀

〈靜女〉一詩選自《詩經・邶風》，為一首男女約會，兩情相悅之情詩。〈詩序〉以為此詩：

「刺時也。衛君無道，夫人無德。」然細審之，可知〈詩序〉說法明顯失當。以天真愛戀的情詩理解此詩，是比較接近詩歌原意。詩中傳達戀愛過程男子對約會的期盼，也因女子俏皮的舉動而焦灼等待，更因見著心儀女子並獲贈禮物而滿心歡喜，禮物雖非貴重，然而情意彌足珍貴，況且能博得佳人芳心，豈非戀愛中人最開心的事？

此詩共分三章，首章四句，敘述與心儀的女子相約，因女子調皮故意躲藏，一時未得見而心焦徘徊的情態。次章四句，描寫久候終得見佳人，且獲贈禮物之意外欣悅。末章承次章，反覆強調美人贈物、睹物思人，珍重美人情意與愛惜這份戀情，隱然可知。牛運震評此詩：「極深婉閒雅」，洵非溢美。

作者

佚名。

課文

靜女其姝❶，俟❷我於城隅❸。愛❹而不見，搔首踟躕❺。

靜女其孌❻，貽❼我彤管❽。彤管有煒❾，說懌❿女⓫美。

自牧⓬歸荑⓭，洵⓮美且異。匪女⓯之為美，美人之貽。

注釋

❶其姝　其，意即如此。姝，音ㄕㄨ，美好的樣子。

❷俟　音ㄙˋ，等候，等待。

❸隅　音ㄩˊ，角落。

❹愛　「薆」字之假借，意謂隱藏。

❺踟躕　音ㄔˊ　ㄔㄨˊ，猶言徘徊。

❻孌　音ㄌㄩㄢˇ，美好。

❼貽　音ㄧˊ，贈送。

❽彤管　彤，音ㄊㄨㄥˊ，紅色。舊說彤管為赤管毛筆。一說為紅色簫笛。另一說為紅色管狀植物，即第三章之荑。

❾有煒　即煒煒，色彩鮮明的樣子。

❿說懌　說，音義通「悅」字。懌，音ㄧˋ，喜悅。

⓫女　通「汝」字，指彤管。

⓬牧　郊外。

⓭歸荑　歸，音ㄎㄨㄟˋ，同「饋」，贈送。荑，音ㄊㄧˊ，初生之嫩茅，俗名茅針。

⓮洵　音ㄒㄩㄣˊ，實在，確實。

⓯匪女　匪，非。女，同「汝」，指荑。

問題討論與習作

一、請選一首你所喜愛的的現代情詩，試著比較它與〈靜女〉在情感方面表達的異同。

二、孔子認為「詩可以興，可以觀，可以群，可以怨」，試就〈靜女〉一詩加以分析。

第二課　唐近體詩選

登高

杜甫

導讀

〈登高〉是杜甫於代宗大曆二年在夔州所寫的七言律詩，內容是藉九月重陽登高，抒發個人他鄉作客、身世潦倒的心境。此詩前四句寫景，後四句抒情，以景興情，情景相融。此詩前兩聯雄渾開闊，氣勢浩瀚。「無邊」一聯尤大氣磅礡，頗見排山倒海之概。後兩聯則吐露登高悲秋的塊壘，從空間、時間及細節上加以摹寫，以見憂憤之深。在格律上，它八句皆對，對偶精切而不板滯，明代胡應麟《詩藪》評賞為「古今七律第一」，可見推重之忱。

作者

杜甫（西元七一二～七七〇年），字子美，唐襄州襄陽人。生於玄宗先天元年，卒於代宗大曆五年，年五十九。早歲考進士，不第。天寶中，獻〈三大禮賦〉，帝奇之，使待制集賢院，然爲宰相李林甫所抑，終不得官。天寶末，安祿山陷長安，肅宗在鳳翔，杜甫往謁，拜左拾遺。因上疏救宰相房琯，觸怒肅宗，出為華州司功參軍。時關中大饑，甫輾轉入蜀，流寓成都，依劍南節度使嚴武，武薦為節度參謀、檢校工部員外郎。武卒，出蜀入湘，病歿於途中。杜甫一生歷經玄宗、肅宗、代宗三朝，身遭安史之亂，詩中多敘離亂之情，因有詩史之稱。其詩沈鬱雄渾，博大凝鍊，具悲天憫人之胸懷，故有「詩聖」之譽。著有《杜工部集》。

課文

風急天高猿嘯哀，渚❶清沙白鳥飛迴。
無邊落木❷蕭蕭下，不盡長江滾滾來。
萬里悲秋常作客，百年多病獨登臺。
艱難苦恨繁霜鬢❸，潦倒新停濁酒杯❹。

注釋

❶渚　水中沙洲。
❷落木　落葉。
❸繁霜鬢　指兩鬢如霜，白髮繁多。
❹潦倒新停濁酒杯　潦倒，此指杜甫當時患有肺疾。新停濁酒杯，意指剛剛戒酒。

問題討論與習作

一、你對本詩的內容、情境有何感觸、理解？請試說之。並道出你對本首詩意境的體會與聯想。

遣悲懷（之二）

元稹

導讀

〈遣悲懷〉乃七言律詩，此詩係元和四年，元稹為悼念亡妻韋蕙叢所作，亦是元稹三首同類型悼妻詩中的第二首。韋蕙叢是太子少保韋夏卿之幼女，二十歲出嫁，死時年僅二十七。首聯寫當年夫妻同讀江淹〈恨賦〉，至於「試望平原，蔓草縈骨，拱木斂魂，人生到此，天道寧論」等句，時新婚不久，不知死別哀痛，因而戲言身後之事，故作曠達，誰知當年話語，今悉成真，開篇即有無限悲痛湧上心懷，教人黯然。頷聯寫物是人非，睹物傷情，乃刻意將亡妻衣服盡量送人，只留昔日針線不忍打開，原樣封存，然思念越深。頸聯寫作者對婢僕多所疼愛，乃因感念婢僕對亡妻生前的照料。末聯寫生離死別之恨，及當年家境貧困，未及讓妻生前享福的歉疚心情。本詩善於捕捉生活中的點滴細節，語淺情深，纏綿婉轉，成為千古悼亡之絕唱。清代孫洙所編《唐詩三百首》讚為——「古今悼亡詩汗牛充棟，終無能出遣悲懷三首」，誠非虛言。

作者

元稹（西元779~831年），字微之，唐河南洛陽人，在家排行第九，友朋習以元九稱之。十五歲明經及第，授校書郎，又官殿中侍御史、翰林學士、工部侍郎，拜相。後與裴度不合，離京出爲同州刺史、浙東觀察史，卒於武昌軍節度使任內。元和年間，元稹與白居易共倡新樂府運動，反應民生疾苦，創作雅俗共賞之大眾詩歌，時稱元和體。元稹詩與白居易齊名，詩風相近，《舊唐書》本傳稱其「善狀詠風態物色」。其詩深度廣度雖不如白，但精警清峭、纏綿委婉者，也自拔出時輩。有《元氏長慶集》六十卷行世。

課文

昔日戲言身後事❶，今朝都到眼前來。
衣裳已施行看盡❷，針線猶存❸未忍開。
尚想舊情憐婢僕，也曾因夢送錢財❹。
誠知此恨人人有，貧賤夫妻百事哀。

注釋

❶昔日戲言身後事　戲言，指玩笑話。身後事，此指人往生後的事。

❷衣裳已施行看盡　施，贈送。行看，眼看即將的意思。全句是指：妳生前的衣裳我已轉送他人，眼看

著就即將送完了。

❸針線猶存　此指妳生前使用過的針線，我仍妥善地收存保留著。

❹送錢財　此指亡妻託夢交代焚燒冥錢，以利其陰間之用；另有一解，或指亡妻託夢，交代分贈金錢給生前照顧她的婢僕，以示感激。

問題討論與習作

一、你曾聽過戲言身後事，日後果真一語成讖的事例嗎？請試說之。對於此事，你是以何種心態角度視之？

二、傳統中國人普遍避諱言死，難免造成國人極度貪生怕死的心理。此處請您用心思索：怎樣的人、怎樣的心態、怎樣的為人處事態度比較不怕死？反言之，怎樣的人、怎樣的心態、怎樣的行事風格比較怕死？

錦瑟

李商隱

導讀

李商隱〈錦瑟〉是一首仄起七言律詩，本詩主旨，歷來眾說紛紜，莫衷一是，今人多認是作者晚年自傷身世之作。首聯借瑟弦無端五十弦，觸發傷懷情緒，引起詩人對青春年華的追憶。「莊生」句借莊生夢蝶典故，形容自己的理想抱負，恍似蝴蝶在陽光下自在飛翔，但事後證明，只是一場迷離的夢幻罷了。「望帝」句則訴說自己的理想在胸臆中迴盪，然只似可憐的蜀王望帝（杜宇）一般，只能徒託杜鵑鳥，日夜悲啼，在現實界卻永難實現。「滄海」句形容自己的才能無從發揮，恰似那美人魚，只能在大海的明月夜傷心哭泣，將每顆眼淚，化為晶瑩剔透的珍珠。而這珍珠，便暗指作者一篇篇含著淚水寫就的詩作。「藍田」句則暗喻作者的才能，終將被世俗埋沒，就好比藍田地裡的美玉，只有在日暖時節，藉著玉氣生煙，才稍稍被世人所察知。

作者

李商隱（西元八一三～八五八年），字義山，號玉谿生，懷州河內人。生於唐獻宗元和七年，卒於宣宗大年十二年，享年四十七。商隱少學古文，方十七歲，即以文才得牛黨令狐楚賞識，引為幕府巡官，從令狐楚學駢文奏章，旋名聞當世。二十五歲，得令狐楚之子令狐綯獎掖，舉為進士。是年令狐楚卒，李黨王茂元愛其才，召為書記，並娶王茂元之女。此後牛黨執政，李商隱深受排擠，處於朋黨傾軋夾縫中，一生清寒潦倒。李商隱詩風細密綺麗，情深綿邈，工於比興，充滿瑰奇想像，其詩以詠史詩和無題詩，最為世人傳誦。著有《李義山詩集》傳世。

課文

錦瑟無端五十弦❶，一弦一柱❷思華年。
莊生曉夢迷蝴蝶❸，望帝春心託杜鵑❹。

滄海月明珠有淚❺，藍田日暖玉生煙❻。
此情❼可待成追憶，只是當時已惘然❽。

注釋

❶錦瑟無端五十弦　錦瑟，美麗有文飾的瑟，瑟是古代的一種弦樂器，相傳有五十弦。無端，沒來由的意思，此喻琴弦的數目與作者當時的年齡相當。

❷柱　樂器上將琴瑟絃繫在一起的小木柱。

❸莊生曉夢迷蝴蝶　典故見於《莊子．齊物論篇》：「昔者莊周夢為蝴蝶，栩栩然蝴蝶也，自喻適志，不知周也。……不知周之夢為蝴蝶與？蝴蝶之夢為周與？」此處李商隱以莊周夢蝶，真幻難知，來比喻人生如夢。

❹望帝春心託杜鵑　相傳周末古蜀王望帝（一名杜宇），其身死，魂魄化為杜鵑鳥（子規）竟日哀鳴泣血，想留住春天，然春仍一去不返。此暗喻李商隱也曾期盼青春永駐，但歲月畢竟無情，一去即告消逝無蹤。

❺滄海月明珠有淚　相傳古代有海裡蚌珠與月亮相感應之說，月滿則珠全，月虧則珠闕。又有「南海鮫人（即美人魚）泣珠」（淚化為珠）之說。此喻作者回憶前塵往事，不禁愴然淚下，彷彿美人魚置身滄海明月下，辛苦化育的珍珠（詩篇），每首盡伴隨著真情的淚水。

❻藍田日暖玉生煙　藍田，山名，在今河南省藍田縣東南，以產玉而聞名。此句是說，回憶往日的歡樂勝事，不禁喜上眉梢，宛如在藍田日暖時節，玉氣生煙，喜氣洋溢。

❼此情　此指第三到第六句詩中暗喻的諸種心緒、感情。

❽惘然　悵然若失、迷惘之意。

問題討論與習作

一、你對本詩哪兩句最有感觸，請試說之，並道出你對這兩句詩意境的體會。

二、李商隱一生處於朋黨傾軋的夾縫中，對於這種裡外不是人的際遇，你能體會幾分？請試說之。

貧女

秦韜玉

導讀

秦韜玉〈貧女〉一詩，係以內心獨白的方式，慨歎青春空逝，及儉樸美德不為人知的情懷。表面是寫貧女未遇良人的自傷，其實是以比興體曲折隱微的方式，哀憐作者身為寒士，才華無人知遇理解、不為世用的心跡。

作者

秦韜玉，字中明，唐京兆人（今陝西省長安市）。僖宗幸蜀，從駕。中和十二年（西元八八二年）進士，累官工部侍郎。韜玉年輕即有詩名，每成一詩，時人樂相傳誦，有《投知小錄》三卷行世，《唐才子傳》有載。

課　文

蓬門未識綺羅香❶，擬託良緣益自傷❷。

誰愛風流高格調❸？共憐時世儉梳妝❹。

敢將十指誇鍼巧，不把雙眉鬥畫長❺。

苦恨年年壓金線❻，爲他人作嫁衣裳。

注　釋

❶蓬門未識綺羅香　蓬門，指寒門。綺羅香，指綾羅錦繡的衣服。全句是指窮人家的姑娘，從沒見過綾羅錦繡的衣服。

❷擬託良緣益自傷　擬，打算。全句是說，想請良媒代說親事，卻因種種現實條件的波折而感傷。

❸誰愛風流高格調　此指誰能欣賞我這不同凡俗的高尚格調呢？

❹共憐時世儉梳妝　此意是說，貧女總體念時局家計艱難，衣著打扮極其儉樸。

❺不把雙眉鬥畫長　鬥，比賽、爭鬥之意。此指貧女不願在眉毛等外在容貌上與人較量短長。

❻苦恨年年壓金線　指年年作刺繡的女紅工作。壓，刺繡時用手指按壓。

問題討論與習作

一、人生路上，你曾有過類似「苦恨年年壓金線，為他人作嫁衣裳」的經歷體驗嗎（如考試失利，恍若陪同學應考一般）？請以六百字道出箇中經歷與感受。

第三課　宋近體詩選

和子由澠池懷舊

蘇軾

導讀

本詩選自《蘇軾詩集》。蘇軾兄弟早年應試時，曾住宿澠池（今河南省澠池縣）寺舍，題詩僧房牆壁之上。到了仁宗嘉祐六年（西元1061年），蘇軾自京師赴鳳翔府（今陝西省鳳翔縣）出任簽判，弟子由送至鄭州而別。途經河南澠（音ㄇㄧㄣˇ）池，接獲子由寄來的一首詩，題為〈懷澠池寄子瞻兄〉，詩云：「相攜話別鄭原上，共道長途怕雪泥。歸途還尋大梁陌，行人已渡古崤西。曾為縣吏民知否？舊宿僧房壁共題。遙想獨遊佳時少，無言騅馬但鳴嘶。」自注云：「轍曾為此縣簿（主簿），未赴而中第。」蘇軾於是作詩應和之，本篇就是他的和詩。所謂和（音ㄏㄜˋ），就是依照他人原詩的韻腳作詩。

此詩上半段泛論人生形跡，虛幻無定，有如「雪泥鴻爪」，很快就消失。然而，飛鴻不復計慮這些，總是昂首奮飛，一往直前。下半段既答和子由「僧房壁共題」手足情深的往事，也驗證前半段「雪泥鴻爪」的比喻。老僧與壁上題詩都如「雪泥鴻爪」消失不見，但兄弟共同度過的艱辛旅途，則永誌於心，歷久彌新。所以，這首詩在人生無常——「變」的喟嘆中，仍然含有對生命的懷戀，對舊事的眷念；正是這些「不變」的情，才使得大千世界精彩而珍貴。

作者

蘇軾（西元一〇三七～一一〇一年），字子瞻。宋眉州眉山（今四川省眉山縣）人。生於宋仁宗景祐三年，卒於徽宗建中靖國元年，年六十五。

蘇軾秉性聰慧，二十歲即博通經史。仁宗嘉祐二年（西元一〇五七年），考上進士。神宗熙寧四年，上書反對新政，與王安石不合，調任杭州通判；其後，徙知密州、徐州、潮州等地。又因作詩譏諷時政，被貶爲黃州（今湖北省黃岡縣）團練副使，築室於東坡，自號東坡居士。哲宗即位，奉詔回朝，累官至翰林學士知制誥；後又屢遭貶謫，曾遠至惠州（今廣東省惠陽縣）、儋州（今海南島儋縣）。徽宗時，遇赦召還，病逝於常州，諡文忠。

蘇軾才氣橫溢，在散文、詩、詞、書、畫等方面，皆有非凡的成就。所作文章汪洋宏肆，如行雲流水，不拘一格，與父蘇洵、弟蘇轍，名列唐宋古文八大家。在詞作方面，開拓了詞的境界與題材，不喜歡剪裁歌詞以遷就聲律，使得詞與音樂初步分離。詩作方面，則想像力豐富，並且嫻於用典、比喻，嬉笑怒罵，皆可入詩。著有《蘇軾文集》、《蘇軾詩集》、《東坡樂府》等

課文

人生到處知何似？應似飛鴻踏雪泥。

泥上偶然留指爪，鴻飛那復計東西。

老僧已死成新塔❶，壞壁無由見舊題❷。
往日崎嶇還記否？路長人困蹇驢嘶❸。

注釋

❶ 老僧已死成新塔　昔日所見的老和尚已經去世了，新添了一座骨塔。老僧，指數年前投宿澠池僧寺時所見的奉閑和尚。塔，安葬和尚的建築物，形高頂尖。

❷ 壞壁無由見舊題　牆壁已經損壞，無從再見到舊日的題詩。舊題，舊時所題的詩。蘇轍〈懷澠池詩〉自注云：「昔與子瞻應舉，過宿縣中寺舍，題其老僧奉閑之壁。」

❸ 蹇驢嘶　瘦弱的驢子在鳴叫。蹇驢，行動緩慢、瘦弱的驢子。蹇，音ㄐㄧㄢˇ。嘶，音ㄙ，鳴叫。本詩的末句蘇軾自注：「往歲馬死於兩陵，騎驢至澠池。」當日艱辛的情況於此可見。

問題討論與習作

一、在此詩中，蘇軾告訴弟弟應以何種態度來面對世事的變化、人生的離合？

二、有哪些成語或典故是源自蘇東坡的作品？請舉出三個例子，並分析其膾炙人口的原因。

偶成

程顥

導讀

〈偶成〉是宋代理學家程顥的哲理詩，歷來哲理詩常被認為抽象隱晦、較無詩味，但相對來說，哲理詩隱含的人生哲理與修學體悟，亦非一般騷人墨客之詩作所能企及。一、二句先以「閒」、「覺」二字，比況作者體道的境界、領悟，三、四句明言，只要修學工深，此心澄明觀照（「靜觀」），天地萬物在吾人的心靈視窗中，無不悠然自適（「自得」），乃至萬物的四時風景與人生的四季變化，咸皆有其特色勝場（「佳興」），值堪欣賞玩味。五、六句中，作者充量發揮其心學證量體驗，點出真理（「道」）具有無在、無不在的「普遍性」，乃至體道者的心靈本體，本自「即寂即感」、「既存在又活動」（即「思」），所以宇宙人生的變化狀態，都能如實感知，如理發用。最後兩句，則總結以——心性修學者無論身處何種人生際遇，都能超越感官情緒的黏縛，如如不動，成就為宇宙天地間真正第一等人（「豪雄」）。

作者

程顥（西元一〇三二～一〇八五年），字伯淳，北宋洛陽人，係北宋著名的理學家，時人與弟程頤並稱二程。嘉祐進士，曾任太子中允，監察御史，後出任州縣官吏。哲宗立，召為宗正丞，未行而卒，年五十四。顥資性過人，充養有道，和粹之氣，盎於面背；門人交友從之數十年，未嘗見其忿厲之容。自十五、六時，與弟程頤聞周敦頤論學，遂厭科舉，慨然有學道之志。泛濫於諸家，出入於老釋者幾十年，返求諸六經而後得之。顥死，初諡純公，士大夫識與不識，莫不哀傷。文彥博採眾論，題其墓曰明道先生，後改諡明道先生。顥詩深寓人生哲理，境界超然出群，現有《二程全書》傳世。

課文

閒❶來無事不從容，睡覺東窗日已紅❷。
萬物靜觀皆自得❸，四時佳興與人同❹。
道通天地有形外❺，思入風雲變態中❻。
富貴不淫貧賤樂❼，男兒到此是豪雄❽。

注釋

❶閒　此「閒」不是與「忙」相對的空閒有暇之意，而是作者長期用心內觀修養，所自然呈現的心定「閒適安然」境界。

❷睡覺東窗日已紅　此「睡覺」二字一語雙關，除指一覺醒來旭日已然東升，更兼指作者已從茫昧的人生大夢中悠然覺醒。

❸萬物靜觀皆自得　此指靜心觀照，凡百物類在吾人清淨的心靈視窗中，盡皆生意盎然，顯其自得之

趣。

❹四時佳興與人同　此指春夏秋冬在季節分布上各有其佳興、美感，此如人類在幼童、青年、中年、老年各階段，亦各有對應其年齡、心境所自然具備的佳興與美感。

❺道通天地有形外　此指道貫通宇宙時空，無所不包，無所不載。換言之，道的普遍性（真理）是無在、又無所不在的。

❻思入風雲變態中　此指體道者的心境能「即寂即感」（既存在又活動），隨方就圓，無論何種宇宙人生的變化狀態，都能如實感知。

❼富貴不淫貧賤樂　此指身處富貴境地，心能不放逸非為，身處貧賤際遇，也能不改其心靈悅樂。

❽男兒到此是豪雄　此處作者對「英雄豪傑」一詞，重新注入獨到的詮釋。換言之，在作者心中，那些「打天下」、被個人慾望、習氣綑綁的英雄豪傑，不算真正的英雄豪傑。只有真能駕馭自己慾念、心靈自由作主的體道者，才是天地間名符其實的真英豪。

問題討論與習作

一、本詩反映的是心學修證者天人合一的心靈境界，但常論總以為詩以「抒情」為主，不應過度言「理」，本詩大量呈現修道者的生命境界，似乎不合以「抒情」為主軸的詩歌特性，但問題是，詩難道只能抒「愛情之情」或「親情之情」嗎？聖賢的「天地之愛」、「萬物合一之情」，竟可以被排除於詩的領域之外嗎？請據此抒發你的見解。

暮春

陸游

導讀

〈暮春〉一詩，是陸游四十二歲那年記述自己半仕半隱的心情。一、二句寫詩人築室湖濱，精神生活富足，然無助於改善家計，三、四句寫作者幽居鏡湖，時光在花鳥開落來去間流轉。五、六句寫詩人喜於開卷上友古人，並抒發青春不再的感傷。結尾七、八兩句，則回歸作者一貫企盼及時報國的壯志理想。本詩對仗工穩，意境悠遠，堪稱宋詩佳構。

作者

陸游，字務觀，晚年自號放翁，宋越州山陰人。生於徽宗宣和七年（西元1125年），卒於寧宗嘉定三年（西元一二一〇年），年八十六。早年應試，兩度名列秦塤（秦檜之孫）之前居第一，爲秦檜所忌而被黜。檜死，始仕爲福州寧德縣主簿。孝宗即位，遷樞密院編修官。因大臣薦，賜進士出身。又以言語忤權貴，先後通判建康府、隆興府及夔州。王炎宣撫川陝，辟爲幹辦公事。游爲陳進取中原之策。范成大爲四川制置使，薦游爲參議官。後知嚴州，遷禮部郎中，以寶章閣待制致仕。平生詩作達萬餘首，堪稱第一。著有《劍南詩稿》、《渭南文集》、《入蜀記》等。

課文

數間茅屋鏡湖❶濱，萬卷藏書不救貧❷。
燕去燕來還過日，花開花落即經春。
開編喜見平生友❸，照水驚非曩歲人❹。
自笑滅胡心尚在❺，憑高慷慨欲忘身❻。

注釋

❶鏡湖　湖名，在山陰城南方，又名鑑湖，陸游自四十二歲起，即卜居於鏡湖北岸。

❷萬卷藏書不救貧　救，彌補、改變。此意是說，家中藏書雖豐，卻無助於改善家計貧困的現實。

❸開編喜見平生友　開編，展開書卷。平生友，指終生的精神之交——心儀嚮慕的古人。

❹照水驚非曩歲人　曩，從前。此意是：臨水自照，才恍然驚覺：自己已非當年那個身強體健、意氣風發的年輕人。

❺滅胡心尚在　胡，此指金人。意喻此心仍充滿從戎報國的熱忱。

❻欲忘身　喻希望能捨身報國。

問題討論與習作

一、對於〈開編喜見平生友，照水驚非曩歲人〉的人生境界，你能模擬體會個幾分，請試以四百字言之。

臨安春雨初霽

陸游

導讀

〈臨安春雨初霽〉是七言律詩，此詩寫作背景，乃陸游六十二歲那年，宋孝宗突召他從山陰至臨安，欲任命他為嚴州太守，此時詩人幾經仕途浮沈，對世事榮華已趨淡泊，乃於夜宿的旅館直抒襟懷。本詩於自適自嘲之中，隱約可見對官場的厭倦。「小樓」一聯，更是傳誦千古的名句，既即事記述自己真實的心境，復勾勒「杏花春雨江南」地域、季節上的特色，全詩對仗自然灑脫，讀來頗覺暢快俐落。

作者

見陸游〈暮春〉一詩作者欄。

課文

世味年來薄似紗，誰令騎馬客京華❶？
小樓一夜聽春雨，深巷明朝賣杏花❷。

矮紙斜行閒作草，晴窗細乳戲分茶❸。
素衣莫起風塵歎❹，猶及清明可到家。

注釋

❶客京華　此指來到繁華的京城作客。

❷深巷明朝賣杏花　明朝，天亮之前。此指清晨天亮前，在夜宿的旅館，聽聞小巷深處傳來叫賣杏花的聲音。

❸晴窗細乳戲分茶　分茶，宋人以沏茶為戲的一種巧藝，其法今已不可考。此指詩人沏開水壺，細看乳白的茶沫，以分茶之戲取樂。

❹素衣莫起風塵歎　陸游所謂「風塵歎」，乃是借用晉代陸機的典故；蓋晉代陸機因不滿當時京都官場浮華風氣，曾發牢騷說「都中風塵大」，將他的白衣（素衣）染成黑衫。此處陸游沿用此說，慶幸自己可脫離官場是非，不必捲入其中。

問題討論與習作

一、陸游本詩深有「素衣莫起風塵歎」的感慨，據你目前年齡階段的理解，「官場」到底是個名利是非的大染缸？還是一個「人在公門好修行」的道場？請試說出你的見解。

第四課　劇曲選

感天動地竇娥冤

關漢卿

導讀

雜劇一詞最早見於唐代，泛指歌舞以外諸如雜技等各色節目。雜劇發展到了金元，逐漸形成為以歌舞演故事的代言體的戲劇。元朝因為以科舉考試取士的方式被取消，失去進身之階的讀書人，看上了這種具有詩歌特質的雜劇形式，開始嘗試創作雜劇，他們講述別人的故事，借雜劇中的曲文抒發自己的情感，的謂「借他人酒杯，澆自己胸中塊壘」，使得中國的戲劇發展到了第一個巔峰時期。雜劇基本體例為每本四折，主要由主角一人獨唱，若主角為女性，則稱為「旦本」，主角為男性則稱為「末本」。

關漢卿的《竇娥冤》應是他晚年的作品，不只透過主角竇娥一生的悲慘遭遇，控訴了當時社會的黑暗面，巧妙的應用戲曲行當特質，塑造了縣令桃兀這個元代昏官的典型；且深刻的凸顯了「人」在逆流中所呈現的價值與意義。《竇娥冤》全名《感天動地竇娥冤》，描述女主角竇端雲，三歲喪母，七歲時父親因欠下高利貸，被賣給債主蔡婆婆做童養媳。端雲後來被改名為「竇娥」，十六歲成親，十九歲喪夫。竇娥雖感嘆自己的身世，並不怨天尤人，他認為這樣的命運必定因為自己「前世裏燒香不到頭」，所以她決定「早將來世修。我將這婆伺養，我將這服孝守」；然而決定向命運妥協的竇娥並沒有如願以償，反而在地痞無賴張驢兒逼迫與陷害下，竟成為毒死公公的死刑犯。竇娥被押赴法場，行路時竇娥怒控天地，臨刑前更許下三個誓願，要上天以此證實自己的清白。

竇娥從一個柔弱、任憑命運擺布的小女孩逐步成長，從一開始的認命，到勇敢反抗地痞流氓逼迫的勇者、勇敢對抗不公不義的官府的烈士，在被押赴法場時，竇娥憤而控訴天地無能，並在臨刑前許下三願，要給上天最後顯現「靈聖」的機會。透過「冤」的形成，竇娥的感染力也逐步深刻，透過此劇，作者反映了元代社會如高利貸、地痞無賴、昏官等種種問題，作者透過對竇娥內心世界的刻畫，說出人人心中的對天道的質疑，故能緊扣人心，深獲共鳴。後代改編這個劇本的作品非常多，明代傳奇改編為《金鎖記》，京劇又據《金鎖記》改編為《六月雪》，各地方戲曲、現代電視劇改編者不勝枚舉。

元雜劇的劇本版本繁多，《竇娥冤》一般認為古名家本最可能是作者的原始創作，本文則選自明．臧晉叔《元曲選》本，臧本雖然改編處甚多，但前後文意完整，雖然有明人劇作喜歡用典之病，但不失為提供同學閱讀與的典範。有一點要特別說明的是，雜劇劇本多俗寫字，且「的」、「得」不分，一概寫「的」，是民間劇本的特點之一。

作者

關漢卿，據元．鍾嗣承《錄鬼簿》所載，元大都（今北京一帶）人，號已齋叟，曾爲太醫院尹。生卒年不詳劇零星資料記載與關漢卿的散曲作品推斷，約在西元1200~1300年左右。關漢卿長期從事雜劇創作，當時編寫雜劇者多半為民間書會中的「才人」，地位猶如一般工匠，史書上不曾為之立傳，生平事蹟不詳，僅能從一些文人筆記與關漢卿其他的散曲作品中窺見一、二。元人熊自得纂修的〈析津志〉裡說他：「生而倜儻，博學能文，滑稽多智，蘊藉風流，為一時之冠。」可見當時的人對他的評價。

據考，關漢卿的先人也是讀書仕宦之家，入元後不屑仕進，雜劇創作應是他的主要工作。曾作【南呂．一枝花】散套率真的敘述自己流連花街柳巷的情形，所謂「半生來折柳攀花，一世裡眠花臥柳」，自稱「我是箇普天下郎君領袖，蓋世界浪子班頭」，以反諷的手法疏狂放蕩的描述自己的平生「志願」，「專長」就是作詩詞、玩樂器、遊戲、博弈等等，最愛在青樓酒館中流連，情願鑽進妓女們的「千層錦套頭」(溫柔鄉的陷阱)中，既不懼怕那些衛道人士因此批評自己，至死也要往煙花路上走——這篇散曲正說明了關漢卿對青樓中這些充滿才華卻無社會地位的女性的肯定。

不只對妓女，關漢卿所創作的六十多本雜劇中(今存十八種)，反映出他對女性的關懷，有描寫妓女自救的《救風塵》，也有描寫後母之愛的《蝴蝶夢》，描寫智勇美貌的寡婦譚記兒的《切膾旦》，以及機靈聰慧的丫環的《詐妮子調風月》；且不只有對女性的關懷，關漢卿的作品廣泛反映各個社會階層——如有描寫英雄征戰的《關大王獨赴單刀會》、《尉遲恭單鞭奪槊》，描寫社會事件的《緋衣夢》、《裴度還帶》等等。因為為人情感真摯，使他的文詞更能深入展現人物內心情感；而不拘泥於傳統思想觀念，使他的作品思想深刻而能引人共鳴，使他成為元代雜劇產量最豐富、影響力最大的劇作家。

課文

第二折[1]（節選）

（淨[2]扮孤[3]引祗候[4]上，詩[5]云[6]）我做官人勝別人，告狀來的要金銀。若是上司來刷卷[7]，在家推病不出門。下官楚州太守桃杌是也。今早升廳坐衙，左右，喝攛廂[8]。（祗候么喝科[10]）（張驢兒拖正旦[11]、卜兒[12]上，云）告狀！告狀！（祗候云）拿過來。（做跪見，孤亦跪科，云）請起。（祗候云）相公，他是告狀的，怎生跪著他？（孤云）你不知道，但來告狀的，就是我衣食父母。（祗候么喝科，孤云）那箇是原告？那箇是被告？從實說來！（張驢兒云）小人是原告張驢兒，告這媳婦兒，喚做竇娥，合毒藥下在羊肚湯兒裏，藥死了俺的老子。這個喚做蔡婆婆，就是俺的後母。望大人與小人做主咱！（孤云）是那一個下的毒藥？（正旦云）不干小婦人事。（卜兒云）也不干老婦人事。（張驢兒云）也不干我事。（孤云）都不是，敢是我下的毒藥麼？（正旦云）我婆婆也不是他後母，他自姓張，我家姓蔡。我婆婆因為與賽盧醫[13]索錢，被他賺[14]到郊外勒死，我婆婆卻得他爺兒兩個救了性命。因此我婆婆收留他爺兒兩個在家，養膳終身，報他的恩德。誰知他兩個倒起不良之心，冒認婆婆做了接腳[15]，要逼勒小婦人做他媳婦。小婦人元是⑯有丈夫的，服孝未滿，堅執不從。適值我婆婆患病，著小婦人安排羊肚湯兒吃。不知張驢兒那裏討得毒藥在身，接過湯來，只說少些鹽醋，支轉小婦人，闇地傾下毒藥。也是天幸，我婆婆忽然嘔吐，不要湯吃。讓與他老子吃；纔吃的幾口便死了，與小婦人並無干涉。只望大人高擡明鏡，替小婦人做主咱⑰！（唱）

【牧羊關】大人你明如鏡，清似水，照妾身肝膽虛實。那羹本五味俱全，除了外百事不知。他推道嘗滋味，喫下去便昏迷。不是妾訟庭上胡支對⑱，大人也，卻教我平白地⑲說甚的？

（張驢兒云）大人詳情：他自姓蔡，我自姓張。他婆婆不招俺父親接腳，他養我父子兩個在家做甚麼？這媳婦年紀兒雖小，極是個賴骨頑皮，不怕打的。（孤云）人是賤蟲，不打不招。左右，與我選大棍子打著！（祗候打正旦，三次噴水科）（正旦唱）

【罵玉郎】這無情棍棒教我捱不的。婆婆也，須是你自做下，怨他誰？勸普天下前婚後嫁婆娘每⑳，都看取我這般傍州例㉑。

【感皇恩】呀！是誰人唱叫揚疾㉒，不由我不魄散魂飛。恰消停，纔蘇醒，又昏迷。捱千般打拷，萬種淩逼，一杖下，一道血，一層皮。

【採茶歌】打的我肉都飛，血淋漓，腹中冤枉有誰知！則我這小婦人毒藥來從何處也？天那，怎麼的覆盆不照太陽暉！

（孤云）你招也不招？（正旦云）委的不是小婦人下毒藥來。（孤云）既然不是你，與我打那婆子！（正旦忙云）住、住、住，休打我婆婆。情願我招了罷，是我藥死公公來。（孤云）既然招了，著他畫了伏狀，將枷來枷上，下在死囚牢裏去。到來日判個「斬」字，押付[23]市曹[24]典刑。（卜兒哭科，云）竇娥孩兒，這都是我送了你性命。兀的[25]不痛殺我也！（正旦唱）

【黃鍾尾】我做了個銜冤負屈沒頭鬼，怎肯便放了你好色荒淫漏面賊[26]！想人心不可欺，冤枉事天地知，爭到頭，競到底，到如今待怎的？情願認藥殺公公，與了招罪。婆婆也！我若是不死呵，如何救得你？（隨祗候押下）

（張驢兒做叩頭科，云）謝青天老爺做主！明日殺了竇娥，纔與小人的老子報的冤。（卜兒哭科，云）明日市曹中殺竇娥孩兒也，兀的不痛煞我也！（孤云）張驢兒、蔡婆婆，都取保狀，著隨衙聽候。左右，打散堂鼓，將馬來，回私宅去也。（同下）

第三折

（外㉗扮監斬官上，云）下官監斬官是也。今日處決犯人，著做公㉘的把住巷口，休放往來人閒走。（淨扮公人，鼓三通，鑼三下科，劊子磨旗㉙、提刀、押正旦帶枷上，劊子云）行動些，行動些，監斬官去法場上多時了。（正旦唱）

【正宮．端正好】㉚沒來由犯王法，不提防遭刑憲，叫聲屈動地驚天。頃刻間遊魂先赴森羅殿，怎不將天地也生埋怨。

【滾繡球】有日月朝暮懸，有鬼神掌著生死權。天地也只合㉛把清濁分辨，可怎生糊突了盜跖㉜顏淵：爲善的受貧窮更命短，造惡的享富貴又壽延。天地也，做得個怕硬欺軟，卻元來也這般順水推船。地也，你不分好歹何爲地。天也，你錯勘賢愚枉做天！哎，只落得兩淚漣漣。

（劊子云）快行動些，悞了時辰也。（正旦唱）

【倘秀才】則被這枷紐的我左側右偏，人擁的我前合後偃㉝。我竇娥向哥哥行㉞有句言。（劊子云）你有甚麼話說？（正旦唱）前街裏去心懷恨，後街裏去死無冤，休推辭路遠。

（劊子云）你如今到法場上面，有甚麼親眷要見的，可教他過來見你一面也好。（正旦唱）【叨叨令】可憐我孤身隻影無親眷，則落的吞聲忍氣空嗟怨。（劊子云）難道你爺娘家也沒的？（正旦云）止有個爹爹，十三年前上朝取應去了，至今杳無音信。（唱）早已是十年多不覩爹爹面。（劊子云）你適纔要我往後街裏去，是什麼主意？（正旦唱）怕則怕前街裏被我婆婆見。（劊子云）你的性命也顧不得，怕他見怎的？（正旦云）俺婆婆若見我披枷帶鎖赴法場飡刀[35]去呵，（唱）枉將他氣殺也麼哥，枉將他氣殺也麼哥[36]。告哥哥，臨危好與人行方便。

（卜兒哭上科，云）天哪，兀的不是我媳婦兒！（劊子云）婆子靠後。（正旦云）既是俺婆婆來了，叫他來，待我囑付他幾句話咱。（劊子云）那婆子近前來，你媳婦要囑付你話哩。（卜兒云）孩兒，痛殺我也。（正旦云）婆婆，那張驢兒把毒藥放在羊肚兒湯裏，實指望藥死了你，要霸佔我為妻。不想婆婆讓與他老子吃，倒把他老子藥死了。我怕連累婆婆，屈招了藥死公公，今日赴法場典刑。婆婆，此後遇著冬時年節，月一十五，有瀽[37]不了的漿水飯[38]，瀽半碗兒與我吃；燒不了的紙錢，與竇娥燒一陌兒[39]。則是看你死的孩兒面上。（唱）

【快活三】念竇娥葫蘆提當罪愆[40]，念竇娥身首不完全，念竇娥從前已往幹家緣[41]；婆婆也，你只看竇娥少爺無娘面。

【鮑老兒】念竇娥服侍婆婆這幾年，遇時節[42]將碗涼漿奠；你去那受刑法屍骸上烈[43]些紙錢，只當把你亡化的孩兒薦。（卜兒哭科，云）孩兒放心，這個老身都記得。天那，兀的不痛殺我也。（正旦唱）婆婆也，再也不要啼啼哭哭，煩煩惱惱，怨氣衝天。這都是我做竇娥的沒時沒運，不明不暗，負屈銜冤。

（劊子做喝科，云）兀那婆子靠後，時辰到了也。（正旦跪科）（劊子開枷科）（正旦云）竇娥告監斬大人，有一事肯依，竇娥便死而無怨。（監斬官云）你有什麼事？你說。（正旦云）要一領淨席，等我竇娥站立，又要丈二白練[44]，掛在旗槍上。若是我竇娥委實冤枉，刀過處頭落，一腔熱血休半點兒沾在地下，都飛在白練上者。（監斬官云）這個就依你，打甚麼不緊。（劊子做取席科，站科，又取白練掛旗上科）（正旦唱）

【耍孩兒】不是我竇娥罰下這等無頭願，委實的冤情不淺。若沒些兒靈聖與世人傳，也不見得湛湛青天。我不要半星熱血紅塵灑，都只在八尺旗槍素練懸。等他四下裏皆瞧見，這就是咱萇弘化碧[45]，望帝啼鵑[46]。

（劊子云）你還有甚的說話，此時不對監斬大人說，幾時說那？（正旦再跪科，云）大人，如今是三伏天道[47]，若竇娥委實冤枉，身死之後，天降三尺瑞雪，遮掩了竇娥屍首。（監斬官云）這等三伏天道，你便有衝天的怨氣，也召不得一片雪來，可不胡說！（正旦唱）

【二煞】你道是暑氣暄[48]，不是那下雪天；豈不聞飛霜六月因鄒衍[49]？若果有一腔怨氣噴如火，定要感得六出冰花[50]滾似綿，免著我屍骸現；要什麼素車白馬[51]，斷送出古陌荒阡？

（正旦再跪科，云）大人，我竇娥死的委實冤枉，從今以後，著這楚州亢旱三年。（監斬官云）打嘴！那有這等說話！（正旦唱）

【一煞】你道是天公不可期，人心不可憐，不知皇天也肯從人願。做甚麼三年不見甘霖降？也只爲東海曾經孝婦冤[52]。如今輪到你山陽縣。這都是官吏每無心正法，使百姓有口難言。

（劊子做磨旗科，云）怎麼這一會兒天色陰了也？（內做風科，劊子云）好冷風也！（正旦唱）

【煞尾】浮雲爲我陰，悲風爲我旋，三樁兒誓願明題徧。（做哭科，云）婆婆也，直等待雪飛六月，亢旱三年呵，（唱）那其間纔把你個屈死的冤魂這竇娥顯。

（劊子做開刀，正旦倒科）（監斬官驚云）呀，真個下雪了，有這等異事！（劊子云）我也道平日殺人，滿地都是鮮血，這個竇娥的血，都飛在那丈二白練上，並無半點落地，委實奇怪。（監斬官云）這死罪必有冤枉，早兩樁兒應驗了，不知亢旱三年的說話，準也不準？且看後來如何。左右，也不必等待雪晴，便與我抬他屍首，還了那蔡婆婆去罷。（眾應科，抬屍下）

注釋

❶折：元雜劇的體制，一齣戲大多分為四折，有時會加入一個或兩個的楔子。元雜劇，元代最具代表性的戲劇。楔子：關鍵。

❷淨：又分淨、付（副）淨，中國古典戲曲中，淨腳為性格極度鮮明，乃至偏激的男性腳色，但元雜劇中的淨腳通常是扮演負面人物，同時具有丑角性格。

❸孤：雜劇中扮演官吏的腳色。

❹祇候：泛指官府小吏或衙役。

❺詩：古典戲曲中人物上場有所謂「上場詩」，下場時或每折結束時有「下場詩」，上場詩常具有介紹品評出場人物的作用，下場詩則有總括全劇的作用。

❻云：戲曲專門用語，說明以下為人物說話道白。

❼刷卷：肅政廉訪使稽查所屬各衙門訴訟案件。

❽攛廂：將狀子投入官衙所設的告狀箱中。

❿科：戲曲專門用語，劇本中用以代表動作說明之用詞。

⓫正旦：中國戲曲中的女性角色稱為「旦」，雜劇中的女主角稱為「正旦」。

⓬卜兒：或言「鴇兒」之誤，或言「娘」之簡寫。

⓭賽盧醫：盧醫指春秋戰國時名醫，姓秦，名越人，

因居住在盧村，被稱為「盧醫」。此人名為賽盧醫卻有反諷的意思，賽盧醫的上場詩為：「行醫有斟酌，下藥依本草；死的醫不活，活的醫死了。」可見一斑。

⓮賺：欺騙。

⓯接腳婿：丈夫死後又招一婿，又稱「墊腳婿」。

⓰元是：原是。

⓱咱：者。應當，期待語氣。而演唱前的語助詞，有叫板的作用。

⓲胡支對：胡亂對答。

⓳平白地：憑空、無緣無故。

⓴每：元代方言中「們」的意思。

㉑傍州例：例子，榜樣。

㉒唱叫揚疾：大聲喊叫、喧嘩，在此形容施打者吆喝嚇唬犯人的樣子。

㉓押付：同「押赴」，「付」為元雜劇劇本中的「赴」的俗體字。

㉔市曹：商店聚集的地方。古時多於此處決罪犯。

㉕兀的：這個、那個、表驚訝的語氣。

㉖漏面賊：不顧廉恥的賊。

㉗外：元雜劇中的男性角色之一，雜劇中的男主角被稱做「正末」，其他如副末、外末都為邊配角色，傳奇以後的戲曲中的男性角色被稱為「生」，是比較年輕的男性，「末」則為比較年長的男性角色。

㉘作公的：在公家服役之人，下面「公人」義同。

㉙磨旗：舞動旗子，是一種象徵性的動作。

㉚正宮．端正好：曲牌名「正宮」，宮調名；「端正好」與底下的「滾繡球」、「倘秀才」等為曲牌。

㉛合：應該。

㉜盜跖顏淵：相傳為古代的大盜，相傳為柳下惠之弟，生性暴虐，橫行天下。後用以形容殘暴的人。顏淵，春秋時孔子的學生，是當時的賢者。盜跖顏淵後用為好人與壞人的代稱。

㉝偃：倒下。

㉞哥哥行：哥哥們；「行」為元代俗語中的「們」、「輩」之意。

㉟湌刀：「湌」同「餐」，動詞，即吃刀子、被斬首之意。

㊱枉將他氣煞也麼哥：「也麼哥」，元代俗語中的語尾助詞，重複兩次為「叨叨令」的泛聲。

㊲瀽：音ㄐㄧㄢˇ，傾倒。

㊳漿水飯：簡單粗糙的食物，此指殘湯剩飯。

㊴一陌兒：一百或一串的紙錢，形容很少的。

㊵罪愆：罪過。愆，音ㄑㄧㄢ。

㊶幹家緣：操作家事。「家緣」，家業、家產。

㊷遇時節：逢年過節。

㊸烈：燒化。

㊹白練：素練，白布。

㊺萇弘化碧：萇弘，周朝大夫。碧，青綠色的美石。《莊子．外物》：「萇弘死於蜀，藏其血，三年而化為碧。」萇弘化碧，諭忠誠之心最終可以昭雪。

㊻望帝啼鵑：蜀王杜宇，號望帝，傳說他死後化為杜鵑，日夜悲啼。《成都記》：「杜宇死，其魂化為鳥，名杜鵑。《寰宇記》：「蜀王杜宇，號為望帝；後因禪位，自亡去，化為子規。」

㊼三伏天道：比喻即炎熱的天氣。《陰陽書》：「下至後第三庚為初伏，四庚為中伏，立秋後初庚為終伏；故謂之三伏。」

㊽暄：盛。

㊾鄒衍：戰國燕人。他對燕惠王非常忠心，被人誣陷下獄，鄒衍仰天大哭，五月炎夏，竟降下大雪；故後代以此典故代稱冤獄。

㊿六出冰花：雪花的結晶體多為六角形，故以六出冰花指雪花。

(51)東漢時，范式與張劭為至交，張卲病篤，嘆曰：「恨不見吾死友。」入葬時，靈柩不肯前進，過了一會兒，有素車白馬遠遠而來，車上之人嚎啕痛哭，來到靈柩前弔唁道：「行矣元伯！死生異路，永從此辭。」事見《後漢書．范式傳》。

(52)東海孝婦：《後漢書．于定國傳》記載，東海有孝婦，少寡子亡，侍奉婆婆甚謹，婆婆欲嫁之，婦終不肯，婆婆謂鄰人曰：「孝婦事我勤苦，哀其亡子守寡，我老，久累丁壯，奈何？」遂自經死。其女告官曰：「婦殺我母。」婦初辯解，後遂誣服。于公（于定國父，時為獄吏）以為此婦養姑十餘年，必有冤情，太守不聽，于公辭而去。太守竟殺孝婦，郡中枯旱三年。新太守到任，異之，卜筮其故，于公述孝婦之事，太守殺牛自祭孝婦家，表彰其行，天立大雨，歲熟。

問題討論與習作

一、覺得這整個劇本中最有趣、最扣人心弦、最發人深省的地方是哪裡？請説明理由。

二、對於竇娥之死，你覺得作者所想表達的意義何在？

三、竇娥的冤情在竇娥死後三年，才被成為各省巡撫的父親昭雪；對於故事的結局你滿意嗎？請嘗試改編這個故事的結局。

辭　賦

辭賦概說

辭賦是一種介於詩與文之間的文體。嚴格說來，它應區分為「辭」與「賦」兩部分：辭指「言之成文」者；賦指「鋪陳其事」者。屈原之作，可稱為「辭」，而真正以「賦」名篇者，則起於荀子、宋玉等人。由於「辭」、「賦」兩者皆是「鋪采摛文，體物寫志」[1]，故後人將其統稱為「辭賦」。

中國辭賦大致可追溯至戰國時期，但在漢代最為盛行；後來辭賦在各個時代又有所轉變，大致可分為俳賦、律賦、散賦、股賦；各個時期的辭賦，風格各不相同。但後來的辭賦多半只重視形式之美，漸漸遠離性靈的層面，缺少個人真實情感，發展遂受到局限。

一、辭賦的特質

(一)文體介於詩、文之間

「辭賦」是一種介於詩、文之間的特殊文體，句法長短相雜，相當自由，與散文的章法相似，但是通篇必需押韻，所以它又屬於韻文。雖然在不同的時期，詩、文的成分各有消長，但終究跳脫不出這個範圍。

(二)多注重辭藻的典麗華美，且喜鋪陳

辭賦重辭藻典麗華美的風氣，肇端於漢代。漢代辭賦的特點是「體制宏偉，筆調誇張，用字艱深」；它不僅可以彰顯漢代帝國的富庶，也可賣弄作者的才華。魏晉南北朝的俳賦，因為唯美

文學的影響，辭藻雕琢華麗，字句要求駢偶排列，使辭賦更趨典麗。到了後來的律賦、散賦、股賦，除了辭藻典麗外，字句更是要求遵守格律，不僅押韻有其規定，句法也有其格式，可以說是在修辭技巧、形式格律的規定上越來越嚴格。

二、辭賦的表現方式

(一)喜用誇飾及《詩經》中「賦」的表現手法

賦者，鋪也，鋪陳其事為辭賦的主要表現手法；單調之鋪陳極易流於呆滯之失，誇飾有悚動人心的效果，故鋪陳、誇飾自為寫辭賦者所樂用。

誇飾者，乃是運用誇張之形容，以增飾其義，凸顯意象之修辭法。其可用在空間之誇飾（如：高度、長度、面積、體積等方面之誇大）、時間之誇飾、物象之誇飾（如：誇大雷電之威、寶刀之利、水勢之大等）、人情之誇飾（如：美人體態之妖妍、人之悲痛哭泣、奏樂之情態等）。由於人心之好奇，作者希望自己的作品能吸引讀者，遂「事增其實，辭溢其真」，以誇張驚人之語悚動人心，引起讀者注意，並加深其印象。

(二)形式作法類似散文

辭賦的形式作法，各個時代都有不同的發展，但大致上可分為三個部分，即序、正文、結尾，與散文的作法相似，例如：陶淵明的〈歸去來辭〉，全文分為五段，首段為序，用散文體書寫，言其出仕和歸田的緣由；第二段至末段則用辭賦體，其中第二、三、四段為正文，由其辭官趕路回家之情景，寫到歸隱後家居生活的優遊自在，再進一步寫到其讀書、彈琴、會親、尋幽的歡愉；第五段為結尾，則是抒發其對宇宙人生的感懷，與終老田園的心願。其篇章結構的安排，與散文的寫法類似。

散文與辭賦所寫內容，前、後文多具有連貫性，不像詩歌講求文字的精鍊、濃縮，內容常出現跳躍式的表現手法，所以在形式作法上，辭賦予散文二者十分相似。

(三)透過排比、對偶及雕琢華美的辭藻，凸顯形式之美

兩漢是辭賦最盛行的時期，因為經濟、政局的穩定，帝王又喜歌功頌德，因此漢賦的表現手法極盡鋪陳之能事，且辭藻上要求雕琢華美，喜使用奇字；形式上，要求排比、對偶，使文采富麗堂皇。雖然辭賦的發展中，也有人意識到辭賦徒留形式美，而缺少作者生命內涵及真實情感，但是辭賦終究無法跨越徒具形式的層面，最後逐漸走向晦澀的地步。

三、辭賦的演變

(一)騷賦（楚辭體）

《楚辭》中的〈離騷〉一篇，其結構介於詩、文之間，章法似散文，但通篇又有押韻，對於這類新型的文學體裁，後人給予三種不同的名稱：一曰「賦」，班固認為〈離騷〉為長篇敘事詩，整篇平鋪直敘，正好與不歌而頌的賦體相同，所以在《漢書》中稱之為「賦」；一曰「騷」，即〈離騷〉的簡稱，是昭明太子蕭統所命名；一曰「楚辭」，此名

稱最早出現於《史記．張湯傳》：「朱買臣，會稽人也。讀春秋，莊助使人言買臣，買臣以楚辭與助俱幸侍中。」從文獻中可知，在西漢文帝時，就已將「楚辭」視為文體的專名了❷。

「楚辭」一詞，原本是指楚地的歌辭，經過屈原、宋玉以及漢人的繼承發展之後，到了西漢就成為一種新興文體的名稱，後來劉向才將他們的作品輯為《楚辭》一書。《楚辭》中的文體也可稱之為「騷賦」，其形式上多用「兮」字，打破《詩經》四言的拘束，運用長短靈活的句法，鋪陳複雜的事物和思想，使用華美的辭藻，對漢賦的開啟與產生具有很大的影響。

(二)短賦

「短賦」創始於荀子，所以又可稱為「荀賦」，特徵是字數在五百字以內，體制短小，局緊機圓，易於諷誦❸。荀子是第一個以「賦」名篇的作家，其五篇短賦〈禮賦〉、〈知賦〉、〈雲賦〉、〈蠶賦〉、〈箴賦〉，皆是以臣問君答的問答方式來書寫，透過體物寫志、託物興懷、託物寄興的鋪敘方式，來宣傳儒道的哲學思想。

「短賦」與「騷賦」同樣影響到漢賦的產生，但二者的風格其實相差甚遠，〈離騷〉、〈九辯〉帶有悲怨的情感，句法似和諧的新體詩，而荀子〈禮賦〉、〈知賦〉等篇，則充滿倫理教化的意味，是以散文賦的方式來書寫，形式上多為後人所採用，尤其是其問答體的方式。

(三)漢賦

漢代的代表文學是辭賦，這種特別的文體，是繼承了《詩經》賦、比、興的「賦」之表現手法，吸收了《楚辭》華麗的辭藻，又融合荀子「短賦」的形式，而成為漢代文學的主流。漢賦的代表人物有司馬相如、揚雄、班固、張衡等人。

漢賦的分類，大致可分為「楚辭體」和「散文體」兩種：「楚辭體」，是指以《楚辭》的形式寫成的賦，字面上多帶有「兮」字，句子長短錯落，含有悲怨的情調，這一類的作品在漢代並不多，只有賈誼的〈弔屈原賦〉、〈鵩鳥賦〉和司馬相如的〈長門賦〉幾篇屬之，在文學上也較具價值。

「散文體」，即一般所謂的漢賦，為了與後代的俳賦、律賦、散賦有所區別，所以又可以稱為「古賦」或「大賦」。這一類的作品大都用來歌功頌德，是一種遊獵文學，大致上都是體制宏偉、筆調誇張、用字艱深，其最具代表性的人物就是司馬相如，他辭藻上的鋪張排比，堪稱是賦家第一。大抵而言，漢賦的發展可分為四期[4]：

1. 形成期：起自高祖至景帝年間，以賈誼和枚乘為代表，此時盛行楚辭體賦，是漢賦的醞釀時期，其作品多半[5]是言志，或帶有諷喻的意味。
2. 全盛期：武帝至元帝期間，是漢賦的全盛時期，體制宏偉、筆調誇張，是漢盛世文化氛圍的表徵，其中以司馬相如、東方朔等人為代表。
3. 模擬期：西漢成帝至東漢章帝期間，漢賦的形式、格調都已經定型了，後來的作者無法踰越前人的範圍，所以模擬的風氣大盛，以揚雄和班固為代表人物。
4. 轉變期：東漢和帝之後，宦官、外戚交相亂政，國勢漸衰，導致原本以鋪張為主的賦，也漸漸產生變化，形式上由長篇轉變為短篇，內容由寫物轉為言志，作風由堆砌轉為清新自然，句法由散行轉為對偶，其中又以張衡為代表。

(四) 俳賦

魏晉南北朝時盛行唯美主義，對於辭賦的影響是辭藻上更趨華麗，字句雕琢，務求駢偶，其特徵有❻：

1. 篇幅短小：荀子首創短賦，漢代繼承其問答與散文體制，但其短小的形式卻是到了魏晉之後，才成為普遍的體式，代表作家有曹氏父子等人。
2. 字句簡麗：漢賦最為人詬病之處，就是其鋪陳辭藻，卻無實質的生命內容，堆砌奇辭僻語，晦澀難懂。但是俳賦卻一改漢賦的作法，用字平易近人，修辭清麗，使人讀之親近有味。
3. 題材廣大：漢賦的題材，大致上跳脫不出宮廷、遊獵、山水等範圍。到了魏晉之後，辭賦的題材擴大不少，舉凡抒情、說理、詠物、寫景、敘事、記遊等，皆可入賦。
4. 彰顯個性：漢賦多以鋪陳為事，所以採取的態度多為客觀、旁觀的角度；東漢末期時，漢賦逐漸出現了言志的作品，這種以主觀性情為賦者，在俳賦中更是常見，可以彰顯作者的懷抱，或是個人理想等。
5. 結構進步：俳賦在結構上，各段之間的轉承，比漢賦靈活，可以說在結構技巧上進步了不少。
6. 「詩」的成分漸多：從漢賦發展至俳賦，詩歌的成分漸漸多於散文，而且賦予詩歌有融合的跡象，即賦中夾雜使用五、七言詩句，讀來猶如雜言詩。

(五) 律賦

唐代以詩賦取士，首重聲律，專務雕琢，此時的賦稱之為「律賦」。「律賦」和律詩一樣，是一種講求對偶、聲韻，有一定格律的唯美文體。辭賦發展至「律賦」，對於其形式的要求更趨繁複，在鋪陳上對偶要精確，在用韻上要求要限韻；至於限韻的規定又頗為細瑣，在書寫上有莫大的束縛。

㈥散賦

宋代散文大盛，歐陽修、蘇軾以駢、散二體為賦，稱之為「散賦」，又可稱為「文賦」，可以說是有韻的散文，對於聲韻、格律、排比、對偶皆不要求，只要行文自然即可。這是因為「律賦」對於格律過於要求，徒留形式之美，而無意境與內在美，所以「散賦」首重內涵，對於辭藻、聲韻皆不拘泥，可以說是一種略形式而重意境的賦體，代表作品有歐陽修的〈秋聲賦〉、蘇軾的〈赤壁賦〉等，其在陳情、體物之外，間雜議論與感慨。

㈦股賦

「股賦」是「八股文賦」的簡稱，盛行於清代，其雜揉律賦予散賦二者而成，可以說是具備各時期「賦」的形式美，但在形式中加入八股文的句法，八股文的色彩十分明顯。其利用變化多端的押韻法，以增加章句之姿采；由於特別著重字裡行間的押韻，其內涵離「賦」的原貌已經有一大段距離了。

四、結語

辭賦可以說是中國文學上的一種獨特文體，發源於屈原、宋玉、荀子等人，但三人之風格多不相同：屈原言志、荀子體物、宋玉重鋪采。一般說來，辭賦一開始的任務是諷喻當政，但後來的發展卻是諷喻之義逐漸隱而不見，內容功能也逐漸消逝，而外在形式卻更加彰顯。

辭賦的流變，即分為騷賦、短賦、漢賦、俳賦、律賦、散賦、股賦等，騷賦具南方浪漫之風，寫來悲怨淒切；短賦態度嚴肅，內容重說理；漢賦體制宏偉，重諷喻之古意；俳賦重聲律，字句工整；律賦則專事形式、修辭；散賦則能不拘字句、格律以說理；股賦間雜律賦、散賦，於對偶間加入八股文的句法與押韻，辭賦發展至此已屬末流，難有開展。

注釋

❶出自劉勰《文心雕龍．詮賦》。

❷在《漢書》中的〈朱買臣傳〉、〈王褒傳〉皆提到「楚辭」，且用為統稱的一種文體。

❸荀子短賦的特徵參考李曰剛，《辭賦流變史》（文津出版社，民國76年2月出版），頁64。

❹漢賦的演變分期、分法，參考李曰剛，《辭賦流變史》，頁101-131。

❺漢賦轉變期的變化，參考葉慶炳，《中國文學史》上冊（臺灣：學生書局，1997年6月6刷），頁71。

❻俳賦特徵參考李曰剛，《辭賦流變史》，頁136-138。

第一課　山鬼

屈原

導讀

〈九歌〉共十一篇，是古代楚地的祭神樂歌，東漢王逸《楚辭章句》中說楚地：「其俗信鬼而好祠，其祠必作歌樂鼓舞，以樂諸神。」因此，除去瑰奇華麗的辭采，明顯地可從文中想像當時人們祀神祭典的隆重盛況，以及巫者扮演神靈時的美好形象。

〈山鬼〉為〈九歌〉中的一篇。「山鬼」即「山中神靈」，舊注或以為「魑魅魍魎」，或以為其形似「猿」，甚至以為「巫山神女」。內容為楚地祭祀山鬼的樂歌，文中山鬼並未登場，通篇為祭巫設想之辭。另一說為山鬼獨唱獨舞，自述其追求愛情而終不得的悵然。

此篇前八句描繪山鬼之居處、衣著、表情、車乘及赴約時之深情。「余處幽篁」兩句為設想等待之人遲到的原因。自「表獨立兮」句以下則皆在呈現久候不至的失望與憂傷。原本是信心滿滿的「君思我兮不得閒」，為其失約尋找藉口。，隨著等待時間越來越久，「君思我兮然疑作」，信任與懷疑交互併生。最後，信心終於崩潰：「雷填填兮雨冥冥，猨啾啾兮狖夜鳴。風颯颯兮木蕭蕭，思公子兮徒離憂。」以視覺的陰暗、聽覺的悽傷、觸覺的寒涼，凸顯等待落空的痛苦，此處運用「類疊」的修辭手法，更加強了悲傷的濃度。最末以「思公子兮徒離憂」作結，一片癡心卻換來更深的悲愁痛苦，全篇在無限遺憾、惆悵的心緒下收尾，令人低徊不已。

作者

屈原（西元前三四三～前二七八？年），名平，字靈均，生於周顯王二十六年，約卒於周赧王二十五年，年約五十四歲。他出身楚國貴族，與楚王爲同姓宗室。他博聞多學，明於治亂，擅長外交詞令，曾任三閭大夫（掌楚國昭、屈、景三姓貴族），後陞左徒（諫官），深受楚王信任，對內常與楚王共商國事，對外經常接待賓客、應對諸侯。後因故得罪上官大夫靳尚，靳向楚王進讒言，遂遭貶斥，流放漢北。

楚懷王三十年，楚王不聽屈原勸阻，入秦被拘，子頃襄王即位，以子蘭爲令尹，屈原再度遭讒言陷害，遂二度流放江南；後因憂慮國事日非，事無可爲，乃投汨羅江而死。

屈原著有〈離騷〉、〈九歌〉、〈天問〉、〈九章〉、〈遠遊〉、〈卜居〉等篇，爲當時南方文學代表。西漢劉向集屈原、宋玉、景差、王褒之文，輯爲《楚辭》，至東漢王逸爲之作注，成《楚辭章句》。宋黃伯思〈翼騷序〉云：「屈宋諸騷，皆書楚語、作楚聲、紀楚地、明楚物，故可謂之楚辭。」因這些篇章運用楚地的語言聲韻和風土物產等，具有濃厚的地方色彩，故名《楚辭》。後世就稱此種文體爲「楚辭體」，又名「騷體」，爲中國浪漫文學之始祖。

課文

若有人兮山之阿❶，被薜荔兮帶女蘿❷。

既含睇兮又宜笑[3]，子慕予兮善窈窕[4]。
乘赤豹兮從文狸[5]，辛夷車兮結桂旗[6]。
被石蘭兮帶杜衡[7]，折芳馨兮遺所思[8]。
余處幽篁[9]兮終不見天，路險難兮獨後來[10]。

表[11]獨立兮山之上，雲容容[12]兮而在下。
杳冥冥兮羌晝晦[13]，東風飄兮神靈雨[14]。
留靈修兮憺忘歸[15]，歲既晏兮孰華予[16]？
采三秀兮於山間[17]，石磊磊兮葛蔓蔓。

怨公子兮悵忘歸[18]，君思我兮不得閒[19]。
山中人兮芳杜若[20]，飲石泉兮蔭松柏。
君思我兮然疑作[21]。
雷填填兮雨冥冥[22]，猨啾啾兮狖夜鳴[23]。

風颯颯兮木蕭蕭㉔，思公子兮徒離憂㉕。

注釋

❶若有人句　好像有人在山的深處。若，好像。有人，指山鬼。山之阿，山的深處；阿，音ㄜ，彎曲的地方。

❷被薜荔句　被，同披。薜荔，一種蔓生植物。帶女蘿，以女蘿為衣帶；女蘿，又名菟絲花，也是一種蔓生植物。

❸既含睇句　兩眼含情，而且微帶笑意。睇，音ㄉㄧˋ，斜眼看。

❹子慕予句　子，指山鬼。予，祭巫自稱。善、窈窕，都是美好的意思。謂山鬼愛慕祭巫而善為修飾。

❺乘赤豹句　車乘有毛色赤褐黑紋的豹，以及黃黑斑紋夾雜的狐狸跟隨。

❻辛夷車句　以辛夷木為車，其上繫著桂枝作的旗幟；辛夷，香木名。

❼被石蘭句　以石蘭為衣，以杜衡為帶。石蘭、杜衡皆香草名。

❽折芳馨句　芳馨，芬芳的花。遺，音ㄨㄟˋ，贈送；遺所思，送給思念的人。

❾幽篁　深密幽暗的竹林。

❿後來　遲到。

⓫表　獨立貌。

⓬雲容容　雲湧現浮出貌。

⓭杳冥冥句　深遠幽暗，在白晝卻有如暗夜般。杳，音ㄧㄠˇ，深遠貌。冥冥，幽暗貌。羌，楚人發語詞，無義。

⓮神靈雨　神靈指雨神。雨，降雨。

⓯留靈修句　靈修，指山鬼。憺，安心，音ㄉㄢˋ。

⓰歲既晏句　晏，晚。孰：誰。華，音ㄏㄨㄚ，同「花」，指如花般燦爛、美好。謂年歲已老大，誰

能再如你般讓我燦爛如花？

⑰采三秀句　三秀，芝草，一年開三次花，故名。於，在；一說讀為ㄨ，是「巫」的假借字。

⑱怨公子句　公子，指山鬼，下同。悵，惆悵。

⑲君思我句　君，指山鬼。閒，閒暇。

⑳山中人句　山中人，指山鬼。杜若，香草名。芳杜若，謂像杜若一樣芳香。

㉑君思我句　疑，懷疑；然，相信；作，起。然疑作，謂疑信半參。

㉒雷填填句　雷聲隆隆，下雨天色陰暗。填填，雷聲。冥冥，陰暗貌。

㉓猨啾啾兮句　猿猴啾啾的哀鳴。猨，即猿。啾啾，猿猴鳴聲。狖，音ㄧㄡˋ，猿猴的一種。

㉔風颯颯句　風聲颯颯，木葉蕭蕭。颯颯，音ㄙㄚˋ，風聲。蕭蕭，風吹樹木聲。

㉕離憂　即心懷憂傷。離，音ㄌㄧˊ，通「罹」，遭遇。

問題討論與習作

一、試述〈九歌〉所以得名之故，並嘗試分析其性質與藝術特色。

二、本篇寫祭巫對山鬼的纏綿依戀之情，極誠摯深刻，這種人神相戀的敘述模式，似乎極罕出現在中國文學作品中。究竟作者想透過這樣哀怨悽宛的作品，表達什麼樣的思想和情感？

第二課　歸去來辭

陶淵明

導讀

本篇選自《陶淵明集》。義熙元年十一月，陶淵明辭去彭澤令，回歸田園，作此文以明志節。全文由「序」與「辭」兩部分組成；「序」運用散文，敘述出仕與辭官的緣由；「辭」用韻文，抒寫歸隱的快樂心情與生活。共分為四段：第一段，直寫辭官歸隱的決心，和辭官後歸心似箭的心情。第二段，敘述初抵家門的喜悅，和家居生活的情景。第三段，描述定居田園之後，讀書彈琴、會親尋幽的歡愉。第四段，抒發對宇宙人生的感懷，與終老田園的心願。

〈歸去來辭〉是陶淵明非常重要的作品，呈現他對生命價值的探索。在辭彭澤令之前，他總是在出仕與歸隱之間猶豫徘徊，雖然看透官場的黑暗腐敗，卻又迫於生計，不得不違背本性，出仕為官，因此內心十分矛盾痛苦。經過理性抉擇，終於體悟「質性自然，非矯厲所得；飢凍雖切，違己交病」，所以當機立斷，毅然辭官歸隱，追求自己真正想過的生活。

其次，文中也書寫他理想生活的願景，是絕意仕宦，躬耕田畝，讀書彈琴，守志安貧，適性自在的生活方式，這也為中國文人樹立一個處世典範。

本文在形式上屬於抒情短賦，句式以四字、六字句為主，又多用對偶句，或雜以三言、五言、七言句，整齊中富有變化。全文共換韻五次，而韻部的更換，暗示內容情意的轉變。且大量運用疊字、虛詞，使辭句的氣韻貫串，音節諧美。此外，巧妙運用寓情於景的技巧，筆下的景和物，如菊花、孤松、無心以出岫的雲、倦飛知返的鳥，無不蘊含詩人的個性和情操，達到情景交融的界。

全文語言質樸，音節諧美，情感真摯，意境高遠，歷來評價很高。歐陽修說：「晉無文章，唯陶淵明〈歸去來辭〉一篇而已。」可說是推崇備至。

作者

陶淵明（西元三六五～四二七年），一名潛，字元亮。東晉潯陽柴桑（今江西省九江市）人。生年有數說，據《宋書》本傳推算，生於東晉哀帝興寧三年，卒於南朝宋文帝元嘉四年，年六十三。淵明是晉名將陶侃的曾孫，祖父茂、父親逸都曾當太守，但至淵明時，家道中落。淵明少有高趣，博學而善詩文，性情任眞自得。二十九歲時，曾因親老家貧，擔任江州祭酒。由於不能忍受公務的繁冗，不久就辭職歸隱。後來又迫於生計，先後出任鎭軍參軍、建威參軍等小官，終因志趣不合而離職。

東晉安帝義熙元年八月（西元405年），出任彭澤令。不久，有感於：「豈能爲五斗米折腰，拳拳事鄉里小兒？」自動離職，作〈歸去來辭〉以明志節，在官僅八十餘日。晚年則隱居田園，親自操持農務，其間雖然歷經火災、風災、旱災、蟲災，生計艱難，仍不改其志。

陶淵明所作的詩、文都有很高的成就，尤其在歸隱之後，創作頗多描繪田園風光、農村日常生活的詩歌，情感眞摯，語言質樸，風格恬淡自然，開拓出中國田園詩的新境界，因此鍾嶸《詩品》稱他爲「古今隱逸詩人之宗」。有《陶淵明集》傳世。

課文

余家貧，耕植不足以自給。幼稚盈室[1]，缾無儲粟[2]，生生所資，未見其術。親故多勸余爲長吏[3]，脫然有懷[4]，求之靡[5]途。會有四方之事[6]，諸侯以惠愛爲德[7]；家叔[8]以余貧苦，遂見用於小邑。於時風波未靜[9]，心憚遠役[10]。彭澤去家百里，公田之利，足以爲酒[11]，故便求之。及少日，眷然有歸與之情[12]。何則？質性自然，非矯厲所得[13]；飢凍雖切，違己交病[14]。嘗從人事，皆口腹自役[15]。於是悵然慷慨，深愧平生之志。猶望一稔[16]，當斂裳宵逝[17]。尋程氏妹喪於武昌[18]，情在駿奔[19]，自免去職。仲秋至冬，在官八十餘日。因事順心，命篇曰《歸去來兮》。乙巳歲十一月也。

歸去來兮！田園將蕪，胡不歸？既自以心爲形役，奚惆悵而獨悲！悟已往之不諫[20]，知來者之可追；實迷途其未遠，覺今是而昨非。舟遙遙以輕颺[21]，風飄飄而吹衣。問征夫[22]以前路，恨晨光之熹微[23]。

乃瞻衡宇[24]，載欣載奔[25]。僮僕歡迎，稚子候門。三徑就荒[26]，松菊猶存。攜幼入室，有酒盈樽。引壺觴以自酌，眄庭柯[27]以怡顏。倚南牕以寄傲，審容膝㉘之易安。園日涉以成趣，門雖設而常關。策扶老㉙以流憩，時矯首而遐觀。雲無心以出岫㉚，鳥倦飛而知還。景翳翳㉛以將入，撫孤松而盤桓㉜。

歸去來兮！請息交以絕遊。世與我而相遺，復駕言㉝兮焉求？悅親戚之情話，樂琴書以消憂。農人告余以春及，將有事於西疇㉞。或命巾車㉟，或棹㊱孤舟。既窈窕㊲以尋壑，亦崎嶇而經丘。木欣欣以向榮，泉涓涓而始流。羨萬物之得時，感吾生之行休㊳！

已矣乎！寓形宇內復幾時，曷不委心任去留㊴！胡爲遑遑㊵欲何之？富貴非吾願，帝鄉㊶不可期。懷良辰以孤往，或植杖而耘耔㊷。登東皋㊸以舒嘯，臨清流而賦詩。聊乘化以歸盡㊹，樂夫天命復奚疑？

注釋

❶幼稚盈室　年幼的孩子擠滿一屋子。陶淵明〈責子詩〉：「白髮被兩鬢，肌膚不復實。雖有五男兒，總不好紙筆。阿舒已二八，懶惰故無匹。阿宣行志學，而不愛文術。雍端年十三，不識六與七。通子垂九齡，但覓梨與栗。天運苟如此，且進杯中物。」此詩撰寫於辭彭澤令後第二年，當時他已有五個兒子。

❷缾無儲粟　米缸裡沒有存糧。

❸長吏　據《漢書．百官公卿表》，秩四百石至二百石稱為長吏，則長吏指縣長屬下的高級官吏，如縣

丞、縣尉之類。

❹脫然有懷　欣然有出仕的念頭。脫然，心動的樣子。

❺靡　音ㄇㄧˇ，沒有。

❻四方之事　指當時地方軍閥之間的戰事。晉安帝元興、義熙年間，桓玄篡位，劉裕、何無忌等人起兵討伐，征戰頻仍。四方，原指諸侯，此處指各地軍閥。一說，指義熙元年，作者為建威將軍參軍，奉使入都之事。

❼諸侯以惠愛為德　軍閥要羅致人材。諸侯，此指建威將軍劉敬宣。

❽家叔　指陶弘。為陶侃之孫，時為長沙公。一說指陶夔，時任太常卿。

❾風波未靜　局勢動盪不安。指當時桓玄、劉裕兩派勢力爭戰未息。

❿心憚遠役　心裡害怕去遠處任職。憚，音ㄉㄢˋ，害怕。

⓫「公田之利」等二句　有公田之便，足以種秫釀酒。公田，公家的農田，收成供俸祿之用。

⓬眷然有歸與之情　心中眷戀故園，有辭官回去的念頭。眷然，懷念的樣子。與，音ㄩˊ，通「歟」，感嘆的語尾詞。

⓭非矯厲所得　不是矯揉勉強所能辦到的。

⓮違己交病　違背自己的意願，更加痛苦。

⓯嘗從人事，皆口腹自役　曾經出來作過幾任官，全都是為了生計而強迫自己。人事，指官場上的應酬。

⓰一稔　一年。稔，音ㄖㄣˇ，穀物成熟。

⓱斂裳宵逝　收拾行裝，連夜離開，比喻思歸之急切。

⓲程氏妹　作者的妹妹，比他小三歲，嫁與程姓人家，從夫姓稱呼。

⓳駿奔　迅速奔喪。

⓴諫　糾正，挽回。

㉑舟遙遙以輕颺　船兒搖搖擺擺輕快地前進。遙遙，與「搖搖」同，動盪的樣子。颺，音ㄧㄤˋ，搖蕩。

㉒征夫　行人，路人。

㉓熹微　指天剛破曉，光線微弱。熹，同「熙」，光明。

㉔衡宇　指簡陋的房子。衡，指橫木為門。宇，指屋宇。

㉕載欣載奔　高興地向前奔跑。載，語助詞，同「既」、「且」，相當白話文的「又」。

㉖三徑就荒　庭院中的小路都快荒蕪了。三徑，這裡借用蔣詡的典故。蔣詡為漢哀帝時人，在王莽執政時隱居不仕。歸隱以後，在園中開出三條小路，只

和兩個知己求仲、羊仲往來；後人便以「三徑」指隱士所住的地方。就，逐漸。

㉗ 眄庭柯　看著庭中的樹木。眄，音ㄇㄧㄢˇ，看。柯，樹枝。

㉘ 容膝　僅能容納雙膝，極言居室之狹小。

㉙ 扶老　枴杖的別稱。

㉚ 岫　音ㄒㄧㄡˋ，山有洞穴的稱岫，此處泛指山峰。

㉛ 景翳翳　太陽光線漸漸暗淡。景，音ㄧㄥˇ，日光。翳翳，音ㄧˋ，逐漸黯淡的樣子。

㉜ 盤桓　徘徊。

㉝ 駕言　乘車出遊。此處指出門營求功名利祿。言，語助詞，無意。

㉞ 西疇　西邊的田畝。

㉟ 巾車　有布篷的車子。

㊱ 棹　音ㄓㄠˋ，槳。此處當動詞，划的意思。

㊲ 窈窕　幽深的樣子。

㊳ 行休　將要結束。意謂自己年紀老大，來日無多。行，將要。

㊴ 委心任去留　隨心所欲，任意去留。委心，順著自己的心意。去留，退隱或為官；一說指生死。

㊵ 遑遑　心神不安的樣子。

㊶ 帝鄉　仙境、仙鄉。此指理想世界。

㊷ 植杖而耘耔　把手杖插在地上，用手除草培土。植，立。耔，音ㄗˇ，往根苗上培土。

㊸ 東皋　東邊的高地。皋，音ㄍㄠ。

㊹ 聊乘化以歸盡　姑且順應自然的變化，過完這一生。乘，順應。化，指變化。

問題討論與習作

一、陶淵明認為理想的生活型態為何？而你呢？請加以說明。

二、請就自己與大自然接觸，或田園生活的經驗，寫一篇約三百字的短文，以分享自己的心得。

三、本文描寫景物時，常融情入景，以景寓情，使情景交融。請找出這些辭句，並分析其描寫的景物表達了作者怎樣的感情。

國家圖書館出版品預行編目資料

大學國文精選／崑山科技大學通識教育中心國文組編輯委員會主編. --初版. --臺北市：五南, 2012.09

面； 公分 --(國文系列)

ISBN 978-957-11-6804-3（平裝）

1.國文科 2.讀本

836 10106248

1X1N 國文系列

大學國文精選

主　　編 — 崑山科技大學通識教育中心(446.5)

編 著 者 — 方怡哲　李建誠　林永昌　林春梅　林麗紅　邱淑珍　張念誠　郭芬茹　陳玉惠　陳雪玉　陳曉怡　黃韻靜　曾子玲　曾玉惠　楊淑雯　葉淳媛　劉邦治　劉英璉　蔡美端　賴美惠　戴伶娟

發 行 人 — 楊榮川

總 經 理 — 楊士清

總 編 輯 — 楊秀麗

副總編輯 — 黃惠娟

責任編輯 — 高雅婷

封面設計 — 黃聖文

出 版 者 — 五南圖書出版股份有限公司

地　　址：106台北市大安區和平東路二段339號4樓

電　　話：(02)2705-5066　　傳　　真：(02)2706-6100

網　　址：http://www.wunan.com.tw

電子郵件：wunan@wunan.com.tw

劃撥帳號：01068953

戶　　名：五南圖書出版股份有限公司

法律顧問　林勝安律師事務所　林勝安律師

出版日期　2012年9月初版一刷

　　　　　2020年3月初版六刷

定　　價　新臺幣220元